مانشيت

1

دار حروف منثورة للنشر والتوزيع

الطبعة الأولى

الكتاب: المأزق

المؤلف: أمل زيادة

تصنيف الكتاب: رواية

تصميم الغلاف: فريق الدار

تنسيق داخلي: فريق الدار

مراجعة لغوية: عبد المعز صفوت

رقم الإيداع: 10948 /2022م

الترقيم الدولى:

مؤسس الدار

مروان محمد

مشرف عام السلاسل

صفاء حسين العجماوي

Website: https://horofbooks.com
Fan page: http://facebook.com/horofsbooks
Email: info@horofbooks.com

هاتف جوال: 00201113006296 – هاتف جوال: 00201064054995

دار حروف منثورة للنشر والتوزيع لا تتحمل أي مسئولية اتجاه المحتوى الذي يتحمل مسئوليته الكاتب وحده فقط

سلسلة خيوط للمغامرات

المأزق

العدد الثاني

أمل زيادة

في حقبة ما ..

جلس مجدي يتصفح ملف باهتمام مفكراً للحظة، ثم تراجع بظهره للخلف وهو يبتسم بشماتة وهو يحدث نفسه قائلاً:

- سنرى من سيربح أخيراً!

ضغط على زر أمامه أعقبه دخول شاب وقف بانتباه مؤدياً التحية العسكرية باهتمام قائلاً:

- أوامرك سيدي.

- ابحث عن الرائد وليد.

- أوامرك سيدي.

- أريده حالاً.

- حسناً يا سيدي.

أدى التحية العسكرية وانصرف وما هي إلا لحظات وسمع مجدي طرق على باب مكتبه وأعقبه دخول شاب في أواخر العقد الثالث من العمر وهو يؤدي التحية العسكرية ويجلس أمام مجدي بعد أن دعاه الأخير للجلوس قائلاً وهو يناوله ملف:

- أريد تحريات دقيقة عن صاحبة هذا الملف.

التقط وليد الملف وهو يتصفحه بسرعة قائلاً:

- أوامرك يا فندم.

- لا أريد أن تغفل أي كبيرة أو صغيرة.

- ما تهمتها يا سيدي؟

- هناك من أبلغ عن سيارتها بعد أن صدمت شاب في أحد شوارع المعادي.
- حسناً يا سيدي.
- تعلم بالطبع الضغط الذي نتعرض له هذه الفترة من كل عام، نريد القبض على الجاني بأقرب وقت ممكن لأننا بانتظار زيارة وتفتيش من الوزارة ولابد من الانتهاء سريعاً من كل ما هو مُعلق تفهم ما أقصد..بالطبع!

هز وليد رأسه متفهمًا وهو يقول:

- سأبذل أقصى ما بوسعي، ثق بأني سأتمم المهمة .

قال مجدي وهو يتفحص وجه وليد بجدية ونبرة صوت جادة أخافت وليد لحظة:

- وليد لو سلمتنا تلك السيدة مع كل الأدلة الممكنة، هناك ترقية ومكافأة بالانتظار.
- حسناً يا سيدي، تحرياتنا ستثبت كل شيء.
- أطمئن من أبلغ عنها شخص محل ثقة.
- من الذي أبلغ عنها؟

رد مجدي باسماً بغموض وهو ينظر من نافذة مكتبه :

- هذا سؤال من المبكر الإجابة عليه.

شعر وليد بالقلق مما دعاه للقول بجدية متسائلاً:

- لماذا لم يصدر قرار إيقاف بحقها أذنَ؟!
- لا تتعجل الأمور أيها الرائد، ستعلم كل شيء في وقته، أريد تحريات دقيقة عنها، من تقابل؟ متى تخرج؟ متى تعود بيتها؟ متى تأكل؟ كم مرة تستحم في اليوم؟ بل إن شئت أحصي أنفاسها يا رجل...!

تعلم أننا لا نظلم أي فرد، نحن في خدمة الشعب.
ضحك بسخرية، مما جعل وليد يشعر بالضيق والحنق.
التقط الملف وغادر المكتب.

جلس وليد في مكتبه وهو يقلب الملف في يده بحيرة وقلبه يحدثه أن هناك خطب ما!، طريقه تبلغيه بالقضية بتلك الصورة من مجدي غير مطمئنه. لديه قدر من الفطنة الذي يجعله يصدق حدسه. بخلاف أنهم يعملون معاً منذ سنوات، بات على دراية كاملة بكل الحيل والأساليب التي يتبعها مجدي وينفذها بعد أن يخلق لها تبريراً قانونياً، يوقن أنه عندما يكلفه بمتابعة أي قضية فهذا يعني أن الهدف يهمه أمره، وأنه يفعل ذلك كي يستعد جيداً، يرتب أوراقه قبل فتح ملف هذه القضية.

شهد العديد من القضايا التي أدارها مجدي والتي عجز وليد عن إثبات عكس ما ورد بها من معلومات، خاصة وأنه من قام بالتحريات والمراقبة بنفسه، وعندما كان يواجهه ويهدده بكشف زيف البيانات الملفقة بملف القضية كان يرد عليه مجدي دون اكتراث، وظيفتنا تنظيف المجتمع من المتطفلين؛ هؤلاء أعشاب ضارة تنبت كل حين وآخر، لابد من جزها مباشرة من بين نسيج المجتمع خشية أن تتغذى على مبادئ القانون، ألم تسمع جملة" يا ما في الحبس مظاليم". بدون هؤلاء المظاليم لا تستقيم كفتي الميزان! هل تظن أن السجون تضم المذنبين فقط؟!

لابد من وجود بعض الأخيار حتى يعتدل الميزان وإلا أصبحت السجون مصدراً أصيلاً لتصدير الأشرار في هذا الكون و حول العالم.
"نحي ضميرك جانباً واترك الباقي علي؟!"
أعلم أنك ستقول وما ذنب هؤلاء الأبرياء؛ أقول لك لا ذنب لهم إطلاقا، كلنا نمر بامتحان في هذه الدنيا وهذا امتحانهم، خصهم الله به. هل ستتدخل في إرادة الله أيضاً؟!
تأكد أن كل منا يسدد فاتورة أخطاء ارتكبها يوماً في حياته بحق الغير مهما كان حجم هذه الأخطاء..
تذكر وليد كلماته هذه وقال وهو يلقي نظرة أخيرة على الملف في يده وهو يردد وأنت امتحاني في هذه الدنيا لست أدري كيف سأتحمل وإلى متى سأصبر يا هذا؟!
لذا التقط هاتفه الجوال وهو يتحدث مع أحد ضباط الكمين الذين عثروا على جثة الشاب:

- مرحباً أمير؛ كيف الأحوال؟ كيف تسير الأمور؟
- مرحباً سيدي بخير كل الأمور تحت السيطرة و بخير.

قال وليد بجدية اتضحت من نبرة صوته:

- أمير أريدك أن تتذكر جيداً كيف وأين تم العثور على جثة المجني عليه هشام أمين؟
- الأمر لا يحتاج أي تذكر وجدنا جثة الشاب في أحد شوارع حي المعادي؛ تحديداً في شارع 9.
- ومن الذي أبلغ عن مرتكب الحادث؟
- لم يبلغ أحد يا سيدي

- علمت أنك من تسلمت البلاغ، هل أنت متأكداً أنه لم يتم التبليغ عن مرتكب الحادث؟
- لا..يا سيدي، لم يبلغ أحد، نحن من ابلغنا المستشفى بوجود شاب مصاب ومجهول الهوية في تاريخه ونحن توجهنا للمعاينة بمجرد وصولنا للمستشفى أخبرونا أنه توفي وتم تحويله لمشرحة زينهم لحين التوصل لأهله وإتمام إجراءات التسليم .
- المشتبه به سيدة تذكر جيداً
- سيدي، أتذكر كل شيء جيداً، نحن من عثرنا على جثة الشاب أثناء مرور الدورية المسائية وأبلغنا عنه ولم نتلق أي شيء بخصوص الحادث من وقتها.
- ماذا تعرف عن هذا الاسم: سلمى محمود تعمل محاسبة في شركة خاصة

قال أمير وهو يعصر ذهنه متذكراً:

- سلمى محمود؟، لا أعرفها ولم أسمع اسمها من قبل!، بوسعي جمع المعلومات عنها إن شئت.

قال وليد وقد تأكدت شكوكه:

- أشكرك ، لا داعي سأقوم أنا بذلك .
- حسناً، كما تريد يا سيدي.

أغلق أمير الهاتف، قرأ وليد التقرير لمرة أخيرة وتوقف أمام صورة صاحبة الملف قائلاً:

- تُرى ما قصتك؟

استقل سيارته الـ128 خضراء اللون . توقف على الجانب المقابل للبناية التي تقيم فيها المدعوة سلمى .وظل جالساً

في سيارته يراقب مدخل البناية، وجد سيدة في أواخر العشرينات تخرج بصحبة ولديها وظلت واقفة معهما لحظات قبل أن تتوقف أمامهم حافلة من حافلات المدارس الخاصة بذوي الاحتياجات الخاصة. بعد قليل توقفت سيارة أخرى اصطحبت ابنها الآخر و قبل أن يركب السيارة قبّلته وهي تلوح له وظلت واقفة لحظة تراقب السيارة حتى ابتعدت عن الأنظار ثم توجهت لسيارة صغيرة كانت تقف بالقرب منها ركبتها وتوجهت لمقر عملها حيث كانت تعمل محاسبة في أحد شركات المحاسبين القانونين الكبرى، شركتها متخصصة في المعاملات الضريبية. يقصدها رجال الأعمال وأصحاب المشاريع الكبرى ومن يملكون قرى سياحية لتسوية أوضاعهم الضريبية.

في مكتبها جلست تدون بعض البيانات على جهاز الحاسوب عندما سمعت طرق على الباب أعقبه دخول رجل في أواخر الثلاثينات قائلاً:

- مرحباً.

ردت بهدوء وهي تشير له بالجلوس:

- تفضل.

جلس أمامها قائلاً:

- مرحباً.

قالت وهي تمسك قلم :

- خيراً تفضل أسمعك.

شرح المشكلة ببساطة وإيجاز.

قالت له بعد لحظة صمت:

- سيدي ، هل معك أوراق الشركة الآن؟
- لا ، مع الأسف.. جئت للاستشارة ..
- لابد أن القي نظرة على هذه الأوراق حتى أحدد لك ماذا سنفعل بالضبط؟
- يمكنني مدك بأي معلومات و بيانات قد تفيدك الآن ..
- سيدي هذه أمور دقيقة ولابد من وجود وثائق مختومة وموثقة.

- ألا يمكنك عمل التقرير وأنا في الخدمة، جئت إلى شركتكم بعد أن نصحني أحد الأصدقاء بها، واخبرني كم أنتم مرنين، وكم أن العمل معكم مريح وناجح تماماً.

قالت بنفاذ صبر:

- سيدي كلامي واضح لابد من وجود الأوراق؛ لا يمكنني أن أعطيك تقريراً تقدمه لجهة رسمية بناء على بيانات شفوية آسفه!

- سيدتي لابد أن يكون التعامل مع العملاء بمرونة أكثر، وأنا في الخدمة.

قالت له وهى تترك القلم من يدها :

- ماذا تقصد؟

دس يده في جيبه وهو يقول:

- كلنا نعلم ظروف الحياة و المعيشة الصعبة، تأكدي أننا لن نختلف وأن الأمر سيظل بيننا ..

نظرت إليه بحدةٍ وقامت من مكانها وهي تفتح باب مكتبها قائلة بغضب:

- أخطأت في المكان، طلبك ليس عندي تفضل.

وأشارت بيدها أن أخرج!، خرج وليد وغادر المكتب وهو يبتسم في داخله لأن تأكد من صدق حدسه، هناك أمراً ما يجهله بخصوص هذه القضية ولابد من معرفة هذا الأمر؟ في مكتبها جلست وهي تردد بعصبية:

- معتوه .. يعتقد أنه يستطيع شراء ضميري بالمال..!

عاد وليد لسيارته وظل جالساً فيها يراقب من يدخل ويخرج من الشركة. شعر بصدق حدسه، يلجأ لاختبار من يقم بمراقبته وإذا نجح في اجتياز اختباره يعتبر هذا مؤشراً جيداً وإشارة أن هناك شيء غامض يلف هذه القضية. ومع سلمى صدق إحساسه بنسبة كبيرة ثم بدأ الشك ينمو داخلة مجدداً، وتسلم الفضول زمام الأمور قائلاً:

- ربما فعلت ما فعلت لآن المكان مراقبًا وهذا سر تظاهرها بالنزاهة. من يعمل في هذه الأماكن معروف عنهم أنهم لا يسيرون الأمور ولا يتممون مثل هذه الأعمال إلا بمقابل مادي خفي .لكن عقله تدخل قائلاً:

- ـ عصبيتها وغضبها طبيعي وناتج عن شخصية نظيفة بالفعل. لا تبدو مثل هؤلاء المرتشين ـ المتربحين ـ المنتفعين من مناصبهم تفوح رائحتهم وهي سجلها نظيف تماماً.

خفق قلبه عندما استشعر الخطر قائلاً:

- من أنتِ؟ومن أين يعرفك مجدي؟!

انتشله من صراعه مع نفسه رؤيتها وهي تغادر المبنى في نهاية اليوم، استقلت سيارتها ومرت على أولادها واصطحبتهم عائدة للمنزل، وأمام أحد المحال التجارية

الكبرى القريبة من منزلها، توقفت وهبطت بصحبة أبناءها وهى تبتاع لهم بعض الأشياء.

بعد أن غادرت المحل دخل وليد وقام بالسؤال عنها وجد العمال يثنون عليها كثيراً، لم يكتف وليد بذلك بل أرسل من يتقصى عنها في مقر عملها ومنطقة سكنها، وجد إجماع على أنها إنسانة بسيطة ومحترمة ومحبوبة من الجميع ، لا تتدخل في شؤون الغير وملتزمة وليس لها إلا أبناءها ووالدها .

أطلّع وليد على التقرير الذي قدمه أمير إليه . أمير من الأصدقاء الذي يثق فيهم تمامًا بعيداً عن العمل الشرطي. ازدادت علامات التعجب أمام قضيتها . قرر التوجه لمجدي عله يجد ما يساعده على حل هذا اللغز، الذي بدأ يرتاب به، فالأمر لم يعد بالنسبة إليه، مجرد قضية قتل خطأ. بقدر كونه لغزاً محيرًا..

قام بزيارة خاطفة لقائده المباشر في منزله . بعد أن قضوا معاً بضع ساعات قضاها مجدي في قص بطولاته الخارقة أثناء عمله ..والذي يحفظها وليد عن ظهر قلب ويدرك أنه يبالغ وينسب لنفسه بطولات وهمية ناسياً أن وليد يعلم زيف كل ما يقول، فور أن انتهى من حكاياته المغلوطة، قال وليد بجدية:

- سيدي لقد أثبتت التحريات أنها نظيفة تماما حتى لم ترتكب يوماً مخالفة مرورية!

- ماذا تقصد بنظيفة؟ لا يوجد شخص على وجه الكرة الأرضية سجله نظيفاً، سيصدر أمر بالقبض عليها خلال الأيام القادمة ..
- لكني أستبعد أن يكون لها علاقة بالحادث
- هذا أمر ليس من اختصاصي ولا اختصاصك، دع القانون يقول كلمته ....
- كيف يا سيدي؟، كل الأدلة تؤكد أنه لا علاقة لها بالأمر؟! كيف سيصدر أمر بالقبض عليها؟
- هناك شاهد وهو من أبلغ عن رقم سيارتها.
- لكن يا سيدي؛ هذا غير منصف، نحن نرتكب خطأ!

قال مجدي ضاحكاً:

- منذ متى وأنت تملك قلباً رحيماً هكذا ، ما بك يا رجل؟، هل هذه أول مرة يتم القبض فيها على متهم ثم تثبت براءته؟!

قال وليد بضيق:
- لا يا سيدي لكني أعتقد أن البلاغ كيدي.

قال مجدي بحزم:
- وليد الأمر منتهي، والقرار في يد النيابة وحدها من ستثبت أنها غير مدانة أو مدانة، نحن وظيفتنا ضبطية فقط. لا تنس ذلك رجاءً.

قال وليد بيأس:
- حسناً يا سيدي، كما تريد.

وفي سيارته ألقى بالملف على المقعد وهو يتساءل:

- ترى من الذي وضعك في طريق مجدي ؟

بعد عدة أيام وجدت وليد يقف أمامها في مكتبها مرة أخرى.

قالت باسمة:

- تفضل.

ولكنها تذكرته على الفور، استطردت بسرعة قائلة:

- مهلاً.. سبق وأخبرتك أن طلبك ليس عندي؟

ناولها هويته قائلاً:

- سيدتي أسمعيني بهدوء أنا ضابط مباحث ولابد أن تأتي معي الآن.

حدقت بوجهه لحظة بقلق وانزعاج قائلة:

- ضابط مباحث؟! لماذا؟ لم أقم بشيء مخالف للقانون!

قال وهو يتنهد بعمق:

- هذا ما سنحاول إثباته.

قالت له بخوف:

- سيدي ما الأمر؟

قال بأسف وهو يناولها ورقة أخرى:

- للأسف لدينا أمر مباشر بالقبض عليكِ..

هتفت بذعر:

- القبض علي، لماذا؟! ماذا فعلت؟! .. هل لأنني لم أنفذ طلبك تلقي القبض على؟

رد باقتضاب:

- في القسم ستفهمين كل شيء، سيدتي جئت لكِ بصفة ودية، أرجوكِ انصرفي معي بهدوء.

- حسناً سآتي معك، أمهلني دقائق فقط

- خذي وقتك.

جلس أمامها على المقعد المقابل، وجدها تجري اتصالاً بوالدها قائلة:

- أبي؛ أنا سلمى، كيف حالك؟ أنا بخير لا تقلق علي..

قال والدها:

- يبدو صوتك مختنقاً يا ابنتي ما الأمر؟

- أنا بخير، أريدك أن تحضر الأولاد من المدرسة، لن أستطيع المرور عليهم.

- حسناً يا ابنتي، لكن لماذا؟

- لا شيء يا أبي، استجدت بعض الأمور في الشركة لابد أن أنهيها أولاً، اهتم بهم وبنفسك.

اغلقت الهاتف وانهت بعض الأعمال بسرعة وارتباك. كان وليد يراقبها خلسة وضميره يؤنبه بشدة لأنه يشعر في قرارة نفسه أن هناك أمر غير مريح وأنه لا دخل لها بالحادث لكنه عاجزاً عن إثبات ذلك.

بعد لحظات وجدها تناوله هاتفها الجوال قائلة:

- اعتقد أنك ستحتاج إليه

نظر إليها بدهشة لحظة قائلاً:

- احتفظي به لحين أن يطلبوه منك

وضعته في حقيبتها وسارت معه مغادرة الشركة، قابلتها صديقتها نيفين قائلة :

- إلى أين؟ من هذا الوسيم؟

قالت وهي تحتضنها بقوة:

- جدي محام ماهر، لست مطمئنة

- محامي؟!‏ ..لماذا؟ ما الأمر؟
- لست أدري هناك أمر بالقبض على؟!
- سآتي معك لن أتركك..!
نظرت سلمى إلى وليد قائلة بتساؤل:
- هل تسمح لها بالمجيء معنا؟
- ولمَ لا، وإن كنت أرى أنه من الأفضل أن تبحث عن محامي كي يحضر معكِ التحقيق من البداية .

****

أمام مقر الشركة أخذ منها وليد مفاتيح سيارتها وطلب من أحد رجاله أن يقودها في حين انطلقت خلفها صديقتها بتاكسي وجلست هي مع وليد في سيارة الشرطة مصدومة وترتعد لأنها لا تعلم أي شيء وفي رأسها العديد من الأسئلة التي تصل لطرف لسانها وتتجمد رعباً.

نظر إليها وليد في المرآة واختلج قلبه أمام نظراتها الملتاعة ..

مطّ شفتيه بأسى عندما وجدها ترتعد بفزع. بعد عدة دقائق، توقفت السيارة أمام قسم الشرطة هبطت منها وهي تنتفض بذعر، وضع وليد في يدها القيود وشعر بتعاطف شديد معها عندما تلامست أيديهم ووجدها باردة وترتعش.

نظر إليها لحظة ثم قال هامساً:
- اطمئني سأكون إلى جانبك، لن أتركك.
نظرت إليه بذهول وهي تتطلع للمكان بفزع، غير مستوعبة ما يحدث، وتتساءل بصمت: هل ما تراه حقيقة؟!، وهي التي لم تطأ قدمها قسم شرطة من قبل.. كل علاقتها بهذا

المكان أنها تأتي كل حين للسجل المدني لتجديد البطاقة الشخصية ..لديها خوف ورهبة تجاه الأمن بشكل عام ..

بعد لحظات وقف وليد أمام مجدي في مكتبه قائلاً:

- أحضرنا المتهمة يا سيدي.

ابتسم مجدي وهو يقول بزفر:

- حسناً قم بعملك أيها الرائد.

قال وليد:

- أوامرك سيدي.

خرج من المكتب وجدها تقف أمام المكتب ويقف بجوارها أحد رجال الأمن.

قال لفرد الأمن:

- ادخلها المكتب.

في حين توجه بسرعة لمكتب أمير، أوقفته نفين التي قابلته في الرواق قائلة بخوف وقلق:

- أين هي؟

قال وليد بجدية:

- يفضل أن تحضري محامي الآن، لا تهدري المزيد من الوقت، وجودك هنا لن يفيد.

- حسناً ..سأتحدث مع محامي الشركة

- محامي الشركة؟! لن يفيد.

- أنها تحتاج لمحامي متخصصًا في الجنايات..

توقف لحظة ثم قال بجدية وهو يناولها كارت:

- هذا محامي ماهر أسرعي بالله عليكِ ، هذا إذا كنِت تريدين أن تساعدين صديقتك.

أخذت منه الكارت وهي تقول:
- أشكرك.
ذهب لأمير قائلاً:
- أمير أريدك في مكتبي على وجه السرعة.
قال أمير:
- سيدي، سأنتهي من هذا التقرير الخاص بالأحراز وسألحق بك.
قال وليد:
- حسناً.
وعاد لمكتبه وجدها تقف برفقة فرد الأمن نظر إليها لحظة وجدها شاردة مهمومة.
اقترب منها وقام بحل قيودها وهو يدعوها للجلوس قائلاً لفرد الأمن:
- أحضر كوباً من الماء للسيدة.
انصرف فرد الأمن وجلست هي أمامه.
- لقد أتت رفيقتك وذهبت لإحضار المحامي.
- هل سأسجن يا سيدي؟
- هذا احتمال وارد الحدوث بكل أسف.
- سيدتي، تذكري جيداً أين كنتِ ليلة الخميس الماضي؟
- كنت مدعوة لحفل زفاف.
- أين؟
- في نادي المعادى.
- من كان برفقتك؟
- أولادي وصديقتي نيفين.

- جيد جداً .... هل عدتِ معها للمنزل؟
- لا انصرفت مبكرًا، عدت برفقة أولادي متأخراً
- حسنًا.
- لماذا؟
- هناك شخص صدمتيه بالسيارة.
- أنا؟!

نظر إليها وهو يراقب ملامحها القلقة والفزع الذي ارتسم على وجهها ثم قال:

- صدمتِ الشاب وتركتيه و هناك من رأى الحادث وأبلغ عنكِ.
- أقسم لك لم يحدث.
- هذا ما ستثبته النيابة والتحقيقات .
- النيابة..! هل سأعرض على النيابة؟؟
- نعم.
- سيدي، أرجوك قل أن هذا كابوس.

نظر إليها مشفقاً وهو يقول لها:

- كنت أتمنى أن أخبرك بذلك لكن مع الأسف الوضع أسوأ
- لكنى بريئة، لم أفعل شيء، صدقني يا سيدي.
- هذه إجراءات وروتين لابد أن يتبع.
- لكن، لم أغب يومًا عن المنزل يا سيدي.
- ساعديني إذن حتى تعودي لمنزلك بأسرع وقت ممكن، وأعدك أنني سأحاول الوقوف إلى جانبك.
- لماذا تفعل ذلك؟!
- وظيفتي أن أظهر الحقيقة.

نظرت إليه بدهشة قائلة:

- من الذي أبلغ عن هذا الأمر؟ من تُراه يود توريطي في أمر خطير كهذا؟ أنا إنسانة حدودية لأبعد مدى، قليلة الأصدقاء ونادرة الاحتكاك بالجيران والزملاء، لذا ليس لدي أعداء حتى في نطاق العمل .

- أريدك أن تتذكري كل شيء حتى لو كان بالنسبة إليكِ تافهاً، لأنني أتفق معكِ في أن هناك من يحاول توريطك في هذه القضية .

- سيدي، إذا كانت لديك تلك الشكوك لماذا لا ترفق ذلك بالمحضر؟

- سيدتي، ما أشعر به ليس أمراً مسلماً به. هذا يُدعى روح القانون.....
لكن القضاء، النيابة تحتاج إثباتات عينيه، حقائق، مستندات، شهود تثبت أنه ليس لكِ علاقة بهذا الحادث.

- إذا كان الأمر كما تقول أتمنى أن تجدوا تلك الإثباتات بسرعة.

قطع حديثهما فرد الأمن الذي احضر لها زجاجة مياه قائلاً:
- تفضلي.

تناولت الماء وهي ترتعد مما جعله ينظر إليها بشفقة، رق قلبه لحالها ولمنظرها المرتعب المهتز الذي يستطيع أن يذيب أشد القلوب قسوة.

أخذ يتابع تحقيقه معها ويدون كل ما تقوله وجاء أمير، قال له وليد:
- تفضل.

جلس أمير أمامها وهو يقول:

- خيراً سيدي.
- هل سبق وقابلت هذه السيدة من قبل؟
- لا يا سيدي.

قال وليد:

- دقق النظر، تأكد.
- لا يا سيدي.

قال وليد موجهاً كلامه إليها:

- هل سبق ورأيتِ هذا الشاب من قبل؟

قالت له بعد أن أمعنت النظر إلى أمير:

- لا.

- هل وجهه مألوفاً لكِ؟

- لا.

- شكرًا يا أمير، تفضل.. يمكنك الانصراف.

ثم أوقفه قائلاً بغتة:

- مهلاً، من كان معك حين عثرت على جثة الشاب؟

نظرت هي إلى وليد قائلة بفزع وخوف:

- هل مات الشاب الذي حدثتني عنه؟

قال وليد بأسف:

- نعم.

قالت بهستيريا :

- مات، مات، يا الهي ..يا الهي!

قال أمير:

- سيدتي هدئي من روعك.

قالت له وهي تنتفض فزعاً:
- كيف تطلب مني الهدوء وأنا متهمة في قضية قتل؟
قال وليد:
- سيدتي أرجوكِ تمالكي نفسك وأعصابك حتى نستطيع إنهاء عملنا.
- حسناً ...اعتذر
قال أمير:
- سأتقصى أكثر عن الأمر من باقي أفراد القوة التي عثرت على الجثة.
- أريدك أن تعرف منهم بطريقة غير مباشرة؛ هل قام أحدهم بالإبلاغ عن سيارة ملاكي؟، وما هي مواصفات قائدها؟، أريد أن أطّلع على كل كبيرة وصغيرة تخص هذه القضية، ولا داعي لتذكيرك أن تجري بحثك دون لفت الانتباه ،أظننا تحدثنا بهذا الشأن من قبل.
قال أمير متفهمًا وهو يغادر المكتب:
- أوامرك سيدي
التفت إليها قائلاً:
- سننتظر وصول المحامي حتى يحضر معكِ التحقيق في النيابة
قالت له بيأس:
- حسناً.
سمعوا رنين هاتف جوال يصدر من حقيبتها لم تتنبه إلى ذلك إلا عندما لفت نظرها وليد قائلاً:
- هاتفك!

قالت له:
- هل تسمح لي؟
قالت:
- نعم يا أبي، أنا بخير...
لا تقلق يا أبي، أرجوك أهدأ وسأخبرك بكل شيء...
يا أبي أرجوك أهتم بالأولاد حتى أعود.
نظر إليها وليد وشعر بدقات قلبه تتسارع عندما سمعها
تقول أنها ستعود محدثاً نفسه قائلاً:
- مسكينة ..لا تدرك ما هي بمواجهته؟!
أنهت مكالمتها قائلة:
- عذراً.
ثم التفت إلى وليد قائلة بتوتر وتردد:
- أشكرك.
فجأة سمعوا طرقاً على الباب أعقبه دخول مجدي، قام وليد
من مكانه قائلاً باحترام:
- تفضل يا سيدي.
اقتحم مجدي المكان كالإعصار وألقى نظرة عليها ثم قال
بحدة:
- أنتِ.
نظرت إليه بذعر، تابع قائلاً:
- قفي.
التقط أوراق التحقيق وقرأ بسرعة أقوالها ثم التفت إليها
قائلاً:
- أخيراً.

وقفت سلمى أمامه وهي ترتعد.. وكان وليد يراقب ما يدور بتحفز، دار حولها مجدي وهو يقول بقسوة وحِدةً:

- أنتِ إذن من قتلتِ الشاب.

قالت له بتردد :

- سيدي أنا...

قاطعها قائلاً بقسوة:

- صمتاً

اخافتها نبرة صوته الغاضبة فارتعدت أوصالها وصمتت..

قال مجدي وهو يقترب منها جاذبا إياها بقسوة:

- لماذا لم تتوقفي عندما صدمتِ الشاب؟

قفز وليد من مكانه وحرر يد مجدي ووقف حائلاً بينه وبين سلمى ناهراً إياه قائلاً :

- سيدي!

نظر إليه مجدي لحظة بغضب ثم قال بلهجة آمرة:

- ابتعد أيها الرائد، دعني أقم بعملي .

في حين كانت سلمى تقف خائفة محتمية بوليد، قال وليد بحزم:

- سيدي أرجوك.

قال مجدي وهو يبتسم بسخرية:

- لماذا تهتم لأمرها كل هذا الاهتمام؟

نظر إليه وليد بحدةٍ وقال نافياً:

- أنا،لا!

وتمتم قائلاً:

- كما سبق وأخبرتك التحقيق لم ينته بعد.

قال مجدي وهو يباغته ويلتف حوله جاذباً إياها بقوة تجاهه بعنف وهو يقوم بالضغط على ذراعها بقسوة قائلاً:

- سيكون التحقيق ممتعًا.

اطلقت آهة ألم وهي تقول:

- لم أفعل شيء، أقسم لك .. أنا بريئة.

قال وليد وهو يحررها بصعوبة من بين يد مجدي قائلاً وهو يحدق به بغضب:

- دعها .، سيدي ..أرجوك.

لم يتوقع مجدي ردة فعله هذه، فترك ذراعها قائلاً بسخرية:

- ألم أقل لك أن التحقيق سيكون ممتعاً في هذه القضية.

وقف وليد أمامها مشكلاً حائلاً بينهما هاتفاً بحزم:

- سيدي، أرجوك.

قال مجدي :

- لم أكن أعلم أن لك قلبا رؤوفاً هكذا!

حدقت به سلمى بذعر في حين أطرق وليد برأسه كاتماً غضبه قائلاً:

- سيدي!

قال مجدي وهو يبتسم بسخرية:

- حسناً... حسناً

ثم التفت إليها قائلاً:

- سنتقابل كثيراً.

غادر المكتب مخلفا جلبة كبيرة، جلس وليد على المكتب وهو يتنهد بعمق قائلاً:

- آسف.

نظرت إليه سلمى قائلة وهي تتنفس الصعداء:

- سيدي ... لماذا يكرهني زميلك؟

نظر إليها وليد لحظة وهو يحدث نفسه قائلاً:

- حقاً، لماذا كل هذا الكره؟

قال وليد:

- ولماذا يكرهك، هل تربطك به سابق معرفة؟

- لا.

- أمتأكدة أنتِ؟

- هذه هي المرة الأولى التي أراه فيها.

قال لها وهو يجلس أمامها على مقعد مقابل وهو يفكر بعمق وعلامات الاستفهام تلف ذهنه وتشغل تفكيره:

- سيدتي لابد أن تعصري ذهنك جيداً وتخبريني بالحقيقة حتى استطيع مساعدتك. هل سبق وتقابلتم من قبل؟

قالت له بعد لحظة صمت وتفكير وتركيز:

- أقابل عملاء كثيرين كل يوم بالفعل. لكني أتذكر الوجوه جيداً، قد لا أتذكر الأسماء. لكن يمكنني تذكر الوجوه جيداً، أؤكد لك، أنه لم يسبق أن رأيته من قبل.

بعد قليل أتت نيفين برفقة المحامي الذي أطلّع على أوراق التحقيق والقضية بوجه عام وفوجيء بقرار النيابة الصادر بحبسها خمسة عشر يوماً على ذمة التحقيقات قابلة للتجديد.

تقبلت قرار النيابة بذعر وفزع وهي تقول لصديقتها باكية بانهيار تام:

- لا ..لا أريد أن أسجن. أنا بريئة أقسم لكم، لم أصدم أحد.

نظر إليها وليد قائلاً محاولاً طمأنتها:

- أهدئ أرجوك لا تقلقي. سنجد حلاً بأمر الله.

نظرت إليه بذعر وخيل إليها أن صوته يأتي من بئر عميقة وصورته تبدو مهزوزة أمامها وفجأة فوجئ الجميع بها تترنح أمامهم بضع لحظات ثم سقطت فاقدةً للوعي.

التقطها وليد بين ذراعيه وهو يقول لصديقتها بخوف وقلق:

- أحضري ماء بسرعة.

أجلسها على أحد المقاعد وهو يحاول إفاقتها ويعاونه المحامى الذي أحضرته نيفين، عندما لم تستجب، أسرع يستدعي أحد الأطباء الذي أخبرهم أنها تعاني هبوطاً حاداً في الدورة الدموية وتعاني من صدمة عصبية شديدة ولابد من نقلها للمستشفى للعلاج.

في المستشفى وقفت نيفين مع المحامي أمام باب غرفتها منتظرين الطبيب بقلق وذعر..

بعد قليل خرج الطبيب المعالج وهو يطمئنهم قائلاً:

- أنها بخير لكنها تحت المهدئات.

نصحهم بالانصراف وأمام المستشفى وجدت صديقتها وليد يهبط من سيارته، توجه إليه المحامي قائلاً:

- وليد بك!، أنها تحت تأثير المهدئات، لن تستطيع استجوابها في الوقت الحالي.

قال وليد بتردد:

- أعلم اتصلت بالطبيب وأخبرني.

نظرت إليه صديقتها بتساؤل ودهشة قائلة وهي تتفحص ملامح وليد بتمعن:

- لو تسمح لنا يا متر أريد التحدث مع وليد بك على إنفراد..

وقفت مع وليد بعيداً عن المحامي قائلة:

- سيدي، سلمى بريئة ، وتقول الحقيقة حتى لو كلفها ذلك حياتها .

- لا تقلقي، سأبذل كل ما بوسعي لإظهار الحقيقة.

- ساعدها لأنها تستحق المساعدة بالفعل.

أطرق برأسه لحظة بأسف وهو يتذكر وجهها وهى تتحدث معه في السيارة وتذكرها وهي تحتمي به أمام مجدي وخفق قلبه بقوة وهو يتذكر رعدة يدها.

تنهد بقوة وهو يقول:

- اطمئني، لابد أن تخبري والدها بالوضع ومستجداته، لأنها كانت تعتقد أنها ستعود للمنزل حتى لا يتفاجيء من الصحف غداً.

- حسناً، رغم أنها من أصعب المهام. يبدو أنه لا مفر ولابد من مواجهة الأمر بواقعية.

بعد قليل انصرف المحامي وصديقتها وصعد وليد لغرفتها وجد حارس يقف أمام باب غرفتها أدى له التحية العسكرية بمجرد أن رآه.

وفي غرفتها وقف يتأملها قليلاً وقلبه يخفق بقوة، عندما وجدها تهمس بشيء ما، أقترب منها قائلاً وهو يمس كفها:

- سيدتي...

سمعها تردد: ... أبي ... أبي.

تنهد بقوة وهو يجلس أمامها على المقعد وهو يشعر بالعجز، ما هي إلا لحظات حتى وجدها تستعيد وعيها قائلة بضعف:

- سيدي ...

نظر إليها وهو يتنهد بقوة محاولاً السيطرة على مشاعره ونبضات قلبه المتسارعة، لم يتحمل رؤيتها في هذا الوضع، يشعر أنه يعرفها منذ زمن بعيد، يشعر أنها قريبة منه لدرجة كبيرة رغم أنه لم يرها أو يعرف عنها أي شيء إلا من واقع أوراق القضية وكان هذا الخليط من المشاعر يربكه ويشتت تفكيره. تساءل كثيراً؛ هل يبدو اهتمامه بها واضحاً للعيان هكذا؟!، لماذا يشعر بالشفقة عليها على هذا النحو؟ هل لأنها مثالية من وجهة نظر التحريات التي أجراها؟! أم تراه يشعر بضعفها لأنها امرأة وحيدة تواجه مجدي بجبروته وهو فقط من يستطيع ردعه وإيقافه، هل أدرك مجدي هذه الحقيقة أيضاً؟!. يدور بداخله صراع كبير وثورة لا يستطيع إخمادها، يبدو أن تراكمات سنوات عمله مع مجدي بدأت تطفو على السطح بمساعدة بركان مشاعره المختلطة كلما نظر إلى سلمى التي تمثل البراءة في أسمى معانيها. انتشله من صراعه الداخلي صوتها وهي تهمس قائلة:

- أنا لم أقتل أحد .

غابت عن الوعي بفعل المهدئات التي تتصل بمعصمها. نظر إليها بعمق وشعر بدقات قلبه تتزايد. زفر بضيق وهو يشعر بالعجز، الأدلة كلها تثبت تورطها بالحادث. لكنه يشعر أن

هناك سر خفي وله علاقة بمجدي لكن ما هو يعلم بعد!. وهذا ما يحيره ويشعره بالخجل من نفسه كيف يظهر أمام الجميع وأمام نفسه مكبلاً هكذا!

شعر بالاختناق، توجه للنافذة بمجرد أن اقترب منها والتي تطل على الشارع الرئيسي، وجد سيارة مجدي متوقفة أمام البوابة الأمامية للمستشفى.

التفت خلفه بسرعة وهو يقول:

- لابد أنه قادم.

أخذ يتلفت حوله وأسرع يختبئ في دورة المياه وهو يرهف السمع،وجد باب غرفتها يفتح بهدوء ويغلق.

دخل مجدي غرفتها وتوقف أمام السرير وهو يتأملها بشماتة:

- أيعقل هذا.. لم تتحمل أعصابك وقع المفاجأة ..

وأطلق ضحكة شيطانية وهو يقول:

- أتدرين .. يبدو أن هذا سيزيد اللعبة متعة .. سنرى إلى متى ستمثلين وإلى أي مدى ستصمدين أيتها الوقحة .

ثم أقترب من وجهها وهو يلقى عليها نظرة عن قرب قائلاً:

- سأجعلك تدفعين الثمن؟!

كانت تستمع إلى صوته وكأنها تحلم، امسكها من كتفيها قائلاً بقوة وهو يهزها بعنف:

- أعلم أنكِ تستمعين إلي، سأجعلك تقبلين قدمي كي أرحمك!

فتحت عينها ببطيء وبدت صورته مهزوزة ضبابية ثم بدأت في الاختفاء تدريجياً لأنها غابت عن الوعي مما جعله يهتف بغضب:

- تباً .... تباً

كان وليد يراقب ما يحدث وهو يقف متأهباً متمتماً:

- ماذا يفعل؟ أجن هذا!

شعر أن اختباءه لن يفيد أو يردعه.

قام وليد بفتح باب غرفتها وهو يتظاهر بأنه قادم من الخارج ودخل الغرفة وجد مجدي واقفاً أمامه. حيث فوجئ الأخير بوجود وليد الذي باغته قائلاً بدهشة مصطنعة:

- سيدي!

نظر إليه مجدي قائلاً:

- ما الذي أتى بك إلى هنا أيها الرائد؟

قال وليد بسرعة:

- لا شيء جئت لأرى ما هي آخر تطورات الوضع وأطمئن على وضع الحراسة.

لم يقتنع مجدي بكلماته فقال بضيق:

- منذ متى وأنت تقوم بهذه الأمور، لما ذا لم تسند هذا الأمر إلى أمير؟

تجاهل وليد سؤاله وأقترب منه بعد أن حدق به قليلاً ثم قال وهو يضغط على حروف كلماته:

- سيدي، هل تعرفها؟

نظر إليه مجدي بغضب وأجاب:

- لا.

نظر إليه وليد لحظة مما دعا مجدي للقول:
- لماذا تقول ذلك؟
قال وليد:
- هذه أول مرة تزور فيها متهم في المستشفى !
انتبه مجدي لهذه النقطة فقال بحزم:
- هذا لأهمية القضية أيها الرائد.
قال وليد متظاهراً أنه مقتنعاً بما سمع وقد أدرك أن مفتاح القضية لدى مجدي وليس عندها.
- بالتأكيد يا سيدي.
قال مجدي:
- وأنت؟
نظر إليه وليد بارتباك قائلاً:
- ماذا تقصد؟
قال مجدي وهو يسير معه خارج الغرفة:
- هل نسيت أننا نعمل معاً وأفهمك من نظره عينيك.
ثم تابع قائلاً:
- في البداية كنت أعتقد أنك تشفق على وضعها لكني الآن بدأت أشك أنك منجذب إليها. هل تروقك حقاً؟
نظر إليه وليد هاتفاً باستنكار:
- لا يا سيدي، لكن نظراً لأهمية القضية ثم سيادتك وعدتني بترقية إذا سلمتك إياها.
قال مجدي:
- أتدري لو كنت مكانك لكان رد فعلي مثلك ثم أنها تستحق.

غمز بعينيه مما أثار ضيق وليد الذي قال بحزم:
- سيدي أرجوك، هذه السيدة مختلفة، غير نوعية النساء التي اعتدنا التعامل معها.
قال مجدي وهو يقهقه عالياً:
- ألم أخبرك أنك منجذب إليها.
غادرا المستشفى معاً وأمام السيارة نظر وليد إلى مجدي ثم قال وهو يفتح باب السيارة له متظاهراً بأنه يجهل وجود سيارته على الرصيف المقابل للمبنى:
- تفضل يا سيدي
- لا أتيت بسيارتي!
- وأنت يا سيدي من قبل رأيتك تستجوب العديد لكنك كنت تتحفظ في معاملتها؟!
نظر إليه مجدي قائلاً بدهشة:
- أحقاً فعلت؟!
في حين قال وليد محدثاً نفسه قائلاً:
- وكأنني أحرضه على معاملتها بقسوة والاستمرار في أسلوبه الفظ في التحقيق مع المتهمين، ما هذا الذي أفعله؟
أنتزعه من شروده صوت مجدي وهو يقول:
- على العموم بعد القبض عليها بدأت الأمور في الهدوء والوضوح.
قال وليد:
- أتمنى ظهور الحقيقة، لدي شعور أن تلك السيدة في المكان الخطأ.

قال مجدي وهو يتذكر شيء أزعجه كثيراً:
- لا تشغل بالك بها.
قال وليد:
- حسناً يا سيدي، أراك غداً.
قال مجدي متهكماً وهو يتوجه لسيارته:
- وداعاً، نم جيداً أيها الرائد.
ظل وليد واقفاً ولم ينصرف إلا عندما تأكد أنه غادر، خشي أن يغافله ويعود فيؤذيها.
قاد سيارته متوجهاً لمبنى القسم ودخل مكتب أمير بعد أن صافحة واحتسى معه مشروباً دافئاً، متبادلاً معه أطراف الحديث مناقشاً معه بعض الأمور الخاصة وتطرق الأمر للقضية فسأله بهدوء:
- أخبرني هل توصلت إلى شيء خاص بقضية مقتل شاب المعادي؟ هل تحدثت مع باقي أفراد القوة؟
قال أمير:
- سيدي أمين الشرطة أخبرني أن العقيد مجدي طلب منه أن يدون أرقام السيارات التي ستمر بعد الساعة 12 في شارع الظاهر بيبرس بالمعادي وعندما اطّلعت على نفس الكشف وجدت أنه يوم الحادث يا سيدي. وهو المخرج الوحيد للقادمين من ناحية نادي المعادى
حك وليد ذقنه بأصابعه مفكراً ثم قال:
- أشكرك يا أمير. لا أظن أنه لابد أن أذكرك بضرورة إبقاء الأمر سراً، حفاظاً على سرية التحقيقات.
قال أمير متفهماً:

- أوامرك سيدي ..أطمئن
ربت وليد على كتفه قائلاً:
- أشعر بالتعب سأذهب للمنزل، أراك غداً.
****

عاد لمنزله في حي الزمالك حيث كان يقيم بمفرده بعد أن انفصل عن زوجته.، أثناء عودته للمنزل وأثناء قيادته للسيارة كان يفكر فيما يشعر به تجاه سلمى. وتساءل هل ما أشعر به تجاهها نتاج الفراغ العاطفي الذي أعيشه منذ طلقت زوجتي وتوقف أمام هذا التفسير قائلاً:
- يا إلهي كيف نسيت نفسي هكذا؟ كم من الوقت مر على طلاقنا!.....
يا إلهي لا أذكر كم مر على فراقنا. يبدو أن العمل سرق وقتي وعمري.
نفض هذه الأفكار من ذهنه وهو يتنهد بعمق قائلاً:
- أنت لا تعرف الحُب يا وليد.
سبق وظننت أنك تحب زوجتك وكانت النتيجة فشل ذريع. لا تنكر أنها محقة في قرارها، لا توجد امرأة قط تتمنى أن تحمل لقب مطلقة. أنت من دفعتها دفعاً لهذا الطريق بكل السبل. المنزل بالنسبة لك فندق تعود متأخراً تأكل وتستحم وتنام وهكذا. نسيت أن لك شريك من لحم ودم يقيم معك وله حقوق وواجبات.تذكر أنك لا تصلح للحُب يا وليد. قال محدثاً نفسه:
- إذن ما أشعر به تجاه سلمى من مشاعر نتاج ما تعانيه من ظلم بين واضطهاد من مجدي وربما شفقة.

ردد قائلاً:

- ربما

غادر سيارته وصعد لشقته، كان مرهقاً بمجرد أن ألقى بجسده على السرير أخذ يتذكر أحداث تلك القضية مرة أخرى وصورتها لا تفارق مخيلته وكلما أغمض عينيه تقفز صورتها أمامه. شعر بدقات قلبه تعلو مرة أخرى خاصة عندما تذكر تلامس أيديهم وهي ترتعد. زفر بضيق قائلاً:

-    يا إلهي ساعدني.

يعلم مدى وحشية مجدي وأنه لا يتورع عن ارتكاب أي شيء حتى يحصل على ترقية أو يبدو أمام رؤسائه بمظهر مُشرف كان ينتقد تصرفاته باستمرار. لكنه لم يملك يوماً دليلاً ضده لأنه بارعاً في إخفاء أي آثار ودائماً ما يرتب أوراقه ويجهز دفاعاته بمهارة. لكن وليد هذه المرة قرر أن يكشف ألاعيبه حتى لا يتورط معه خاصة وهو من قام بالتقصي ومتابعة القضية من البداية وكل الدلائل تؤكد أن هناك أمر غامض يخص هذه القضية. أرهقه التفكير فغلبه النوم.

توجه لمكتبه في اليوم التالي، بمجرد أن دلف للداخل وجد أحد أفراد الأمن يدخل حاملاً حقيبة نسائيه قائلاً:

-    سيدي هذه الحقيبة كانت مع المتهمة التي ذهبت للمستشفي.

-    حسناً، أتركها هنا وأحضر لي كوباً من الشاي وأسبرين، أشعر أنني لست بخير.

أخذ يتصفح بعض الملفات وعينيه تتنقل بين الملف الذي أمامه وبين الحقيبة. تردد لحظة في تفتيشها وتفقد محتوياتها، لكنه عزم أمره والتقطها وهو يفرغ محتوياتها أمامه على المكتب وجد حافظة نقود وسلسلة مفاتيح وزجاجة عطر قربها لأنفه وتنهد بعمق.. وشعر بخلاياها تنتشي وهي تستنشق عبير عطرها، أغمض عينيه لحظة وشعر انه يفتقدها وتساءل هل يمكن أن يقع الرجل في الحُب بسرعة هكذا، ما المختلف فيها؟، ما الذي أيقظ مشاعره على هذا النحو؟! ما المميز بها؟ لم يجد إجابة لتساؤلاته كالمعتاد.

تنهد بقوة وهو يقول متعجباً:

- ما هذا الذي يحدث لي؟!

ابتسم وهو يتذكر وجهها وهي مرتبكة وتعدل من وضع نظارتها ثم أخذ يبحث في الحقيبة عن أية أوراق وجد نوته صغيرة بها ملاحظات يومية وطلبات للمنزل ابتسم وهو يقرأ بعض ما كُتب فيها ،عصائر للمصارع أمجد وعلى الهامش ملحوظة" سبب رئيسي في تدمير الراتب خاصة عصير الطاقة الفولاذية."

بعد قليل جلس يتناول كوب الشاي وهو يتصفح النوتة بسرعة ثم التقط حافظة نقودها وجد بها رخصة القيادة وهويتها وصورة لها مع أولادها.

تناول هاتفها الجوال وفحصه وفحص أرقامه ومكالمتها ورسائلها لم يجد ما يريب.

أعاد كل شيء لمكانه. أنهى بعض الأعمال وتوجه للمستشفى. طرق الباب ودخل وجدها واقفة خلف الباب تهم بضربه على رأسه بحامل المحاليل المعدني، تفادى ضربتها بسهولة.

جذبها لداخل الغرفة بقوة هامساً:ما الذي تحاولين فعله؟ جلست على السرير بانهيار قائلة بأسف:لا يوجد أي حل آخر أمامي كل شيء أصبح قاتماً ، اشعر أن الوضع يزداد سوءً.وأن السجن بانتظاري وأنا التي لم يسبق لي أن مررت من أمام قسم بوليس من قبل؟! الآن لابد أن أقضي عقوبة الله وحده أعلم هل سأخرج منها أم لا .

جلس أمامها على المقعد الوحيد الموجود بالغرفة بجوار السرير وهو يقول بجدية:

- سيدتي أرجوك ثق بي

- حسب معلوماتي أنا مدانة في قضية قتل، تُرى أي فرص أملك؟

ربت على يدها بتردد قائلاً:أسديك نصيحة؟

نظرت إليه بتساؤل تابع قائلاً:

- مادام لديك من تخافي عليهم حاربي لأجلهم ..لا تستسلمي

نظرت إليه بعيون دامعة فطرت قلبه قائلة:أنت محق

ثم تابعت قائلة:

- رغم أنني لا أعرفك لكني أشعر أنك مختلف...

هرب من نظرات عينيها التي كلها رجاء وتناديه بأن احميني هكذا خيل إليه

ناولها منديلاً قائلاً بخجل:سيدتي
أرجوك تماسكي من أجل ولديك وأبيك
حديثه معها بث فيها بعض من الأمل والطمأنينة مما دعاها
للقول:
- اعتذر لأنني أساءت التصرف وتسرعت.
عقد ذراعية أمام صدره وتراجع بظهره للخلف قائلاً
بهدوء:ماذا كنتِ ستفعلين بعد ضربي ؟
قالت له ببساطة:سأهرب.. بالطبع
اتسعت ابتسامته وهو يقول بثقة:تهربين من هنا ..!
لديك حراسه مشددة في الخارج..؟!
قالت له:ماذا أفعل؟ هذه المرة الأولى التي أتغيب فيها عن
المنزل والأولاد
خاصة ولدي طفل مُعاق ـ أنا كل حياته ـ
أطرق برأسه بحزن ثم قال :أزمة وستزول يا سيدتي
قالت وهي تدعو الله بصوت عالٍ:يا إلهي ساعدني
أمسك كفيها مربتاً عليهما قائلاً:قاتلي من أجل إثبات براءتك
وستجديني إلى جانبك دوماً.
نظرت إليه بامتنان قائلة:أشكرك
قال بجدية: لابد أن تتذكري جيداً هل سبق وقابلتِ العقيد
مجدي الضابط الذي عاملك بعنف .
تذكرت وجه مجدي وصوته لكنها قالت:لا
- حسنا تذكري على مهل، للأسف من حسن حظك أنك
هنا ، على الأقل بعيداً عن الحبس ، بكل الأحوال جئت
لأعطيك تلك الحقيبة.

أخذت الحقيبة قائلة: أشكرك

مازحها قائلاً:سيدتي تماسكي حتى تستطيعين إعداد عصير الطاقة الفولاذية

نظرت إليه بتساؤل ، قال بهدوء:اعتذر اضطررت إلى قراءة بعض من المكتوب

ابتسمت قائلة متفهمة:أعدك بالتماسك

جلست على السرير وهي تحتضن صورة ولديها وتحدثت مع والدها الذي قال بذعر:

- سلمى يا أبنتي هل صحيح ما قالته نيفين؟

- نعم يا أبي، بكل أسف..أرجوك لا تقلق هناك ضابط يحاول مساعدتي وهناك محامي أيضاً. الجميع يؤكدون أنه ربما هناك تشابهاً للأسماء أدى لكل هذه الأمور.

- سآتي لزيارتك غداً

- لا يا أبي أرجوك أهتم بأمر أمجد تعرف ظروفه.

- لا تقلقي علينا سنكون بخير كل ما يهم الآن هو أنتِ.

- سأكون بخير يا أبي فور أن يتاح لي الزيارة سأتصل بك..أرجوك لا تأتي من تلقاء نفسك حتى لا تتعب..

- حسناً حسناً كم أنتِ عتيدة حتى في أحلك الظروف تشغلين بالك بنا وتنسين نفسك ..الله معك.

أغلقت الهاتف وهي تغمض عينيها وترفع رأسها للسماء قائلة:يا رب

- ..ِسآخذ منكِ الهاتف الآن.

- تفضل..

أخذه وغادر الغرفة بخطى واسعة،

شرد وليد وهو يتذكر كلمات مجدي وصداها يتردد في رأسه " علمتني أمي أنه لا مكان للضعفاء على وجه الأرض . كل ضعيف طيب القلب مصيره الاندثار وكأنه لم يكن .حتى الغابة شعارها "البقاء للأقوى " ..وأنا قوي..وسأظل.. " لا يدري لماذا تذكر كلماته الآن هل رؤية سلمى التي تقطر براءة وشفافية ونقاء تحفز ذاكرته فيتذكر مجدي وجبروته واروؤه المشوهة ..

زفر بضيق وشعر بالألم لأنه ظل صامتاً عن تجاوزات رآها بعينيه طيلة الفترة الماضية..طريقة مجدي في إدارة القضايا وحل الإلغاز والقبض على المتهمين وانتزاع الاعترافات منهم أحيان كثيرة كانت تؤتي ثمارها رغم كل التحفظات الإنسانية عليها ..مجدي يرى وليد لين القلب، ولين القلب ضعف والعمل الشرطي لا مكان للضعفاء فيه ..لكنه لم يشكوه يوماً ولم يقدم تقريراً سيئا بحقه يريد أن يثبت له أن طريقته وأسلوبه هي الأصح هي الأنسب ..هي الأجدر بالتطبيق بل لابد أن تدرس أكاديميا لطلبة كلية الشرطة ..يعتز بوجود وليد رغم اختلافهما التام ، لابد من وجود قوة الجسد بجانب قوة الروح ووليد لديه قوة الروح .. يفتقد مجدي هذا الجانب في شخصيته يتظاهر بالتهكم من وليد ومن ضعفه لكن حقيقة الأمر هو يغبطه على تمتعه بهذه الميزة .. تمنى دائماً أن يملك كل شيء قوة الجسد والبصيرة ونقاء الروح، لكل منا جانب يسعى بكل الطرق للسيطرة والاستحواذ على الكل ومجدي ترك نفسه للجانب القوي

يقوده وأصاب في تركه للتحكم بزمام الأمور والحياة بشكل عام ..هكذا يرى نفسه ولهذا يكمل طريقه على هذا النحو..

****

توجه وليد لمنزل سلمى استقبله والدها بفتور وترقب وهو يقول:

- تفضل

تطلع وليد حوله وهو يلقي نظرة سريعة على منزلهم ، شقتهم مكونة من أربعة غرف تطل بأكملها على الريسبشن أو الصالة ..حتى المطبخ يطل على الصالة يستطيع من يجلس في أي ركن أن يرى ما بداخله بسهولة ، الصالة دائرية الشكل لها سقف مرتفع والأثاث طرازه قديم نسبياً قاطع تأمله نحنحة والدها وهو يقول له:

- خيراً ما الأمر؟

انتبه وليد فقال بخجل:

- سيدي أنا الضابط المسؤل عن قضية مدام سلمى ،أحاول مساعدة ابنتك ، لا تخفي عني أي شيء. أعلم أنك كنت تعمل في مكتب هندسي كبير.

- هذا صحيح ما دخل عملي بقضيتها.

- حاول أن تتذكر هل سبق واختلفت مع أحدهم؟

- يا ولدي كل يوم كنت أختلف مع العشرات ممن يريدون البناء دون تراخيص

- وابنتك يا سيدي . هل لها أعداء؟

- لا يا بني أبنتي شخصية محبوبة من الجميع

- سيدي، هل تذكر كل من اختلفت معه في أثناء عملك؟
- هذا أمر صعب يا ولدي لقد تركت العمل منذ أعوام.
- أعلم ، بالطبع هناك بعض الأسماء التي لا تُنسى
- بوسعي تذكر بعض الأسماء بالطبع لكن ما دخل سلمى بالأمر؟ هل تظن أن الأمر مُدبر؟؟
- هذا ما أحاول التوصل إليه وكشفه ، لماذا لا تخبرني بالأسماء التي تذكرها؟

أخذ والدها يسرد بعض الأسماء وسبب الخلاف بينهم ووليد يدون كل ذلك وبعد أن انتهى والدها من التحدث.

- وهل سبق ومر عليك هذا الاسم مجدي سعيد ضرغام؟
- صمت والدها لحظة وهو يكرر الاسم مفكراً ثم قال:
- لا يا ولدي هذا الاسم لم أسمعه من قبل
- تذكر جيداً ،
- لا لم يمر علي من قبل .
- حسنا يا سيدي .. أشكرك أسمح لي.

هم بالمغادرة لكن أوقفه والدها قائلاً:أخبرني الحقيقة هل ستخرج أبنتي من هذه القضية؟
إن شاء الله ..أعدك أنني لن أكف عن البحث، حتى أتوصل للحقيقة وحتى تتم تبرئتها..
التقط وليد هاتفه وهو يقول لأمير سأرسل لك بعض الأسماء أريدك أن تتحرى عنهم بشكل موسع وترى هل تربطهم أي صلات قرابة قريبة كانت أم بعيدة بأي فرد يعمل في أي جهة كانت أمنية أو سياسية
.

أغلق الهاتف بعد أن وعده أمير بالتقصي بدقة عن هؤلاء.

****

مرت عدة أيام، انتظم وليد خلالها في زيارتها حتى ولو لم يريها نفسه كان يخشى أن يواجهها فيظهر عليه ضعفه أمام نظرات عينيها المتسائلة التي تطارده في أحلامه وتطلب منه حمايتها كما يحاول أن يوهم نفسه أنه يتخيلها دائماً، بدأت سلمى تسترد عافيتها.قررت التماسك من أجل أبنائها والصمود من اجل أن تستطيع مواجهة مجدي وبطشه، توجهت لدورة المياه ووقفت أمام المرآة وهي تغسل وجهها بالماء وهي تتأمل ملامحها شعرت بالخوف لوهلة ظناً منها أنها ترى شبحاً وليس نفسها .أغمضت عينها بقوة وفتحتها مرة ثانية وهي تنوي الوضوء. صلت ركعتين قضاء الحاجة.بعد أن فرغت من صلاتها فوجئت بمجدي يقف بالقرب منها وهو يتأملها.

جفلت للحظة وقالت وهي تحاول التماسك والتحكم في رباط جأشها.. لم أنتبه لوجودك..

كان مجدي قد تسلل لغرفتها قبل دقائق وفوجئ بها تصلي وقف يتأملها بغضب وهو يعقد ساعديه أمام صدره وهو يتكأ على الحائط بظهره بغضب وجودها امامه يثير غضبه ويستفزه مظهرها البريء الهادئ .بمجرد أن فرغت من الصلاة جذبها من يدها بعنف وهو يهتف:تدعين المرض إذن !

- أنا! لا أدعي المرض أقسم لك.

- لكني أرى أنك تتحسنين بسرعة .
وقام بصفعها على وجهها مطيحاً بها لعدة أمتار، سقطت على الأرض ،و هي تنظر إليه نظرات ملتاعة تحت وقع الصدمة وحاولت الوقوف دون جدوى لف رأسها الدوار وباتت لا تسمع جيداً. كل ما تراه أن مجدي ينظر إليها بكل كراهية وحقد وغل وهو يتفوه ببضع كلمات لم تتح لها الفرصة لاستيعابها ولم يمهلها هو الوقت لاستيعاب السباب والإهانة المتواصل كانت تردد:سيدي، لا تضربني.
جذبها من شعرها بقسوة قائلاً:سأجعلك تقبلين قدمي ، تترجيني أن أرحمك ، أنت تخدعيني أنا!
لم تخلق بعد من تحتال على مجدي ضرغام تدعين المرض أيتها العاهرة حتى لا تبيتين في الحبس أنتِ واهمة وقام بصفعها مرة أخرى بقوة أكثر مطيحاً بجسدها الرقيق لركن بعيد في الغرفة.
شعرت بعظام وجهها تتحطم تحت وقع صفعاته المتواصلة سالت دموعها رغماً عنها من فرط الألم وهى تقول:أقسم لك لم أفعل .
جذبها من شعرها وهو يجبرها على الوقوف ملصقاً بها بالحائط وعيناها تتطلعان إليه بفزع قائلاً:
- هل كنتِ تعتقدين أنني لن أستطيع التوصل إليكِ؟
نظرت إليه بدهشة قائلة بخوف:ماذا تقصد يا سيدي ؟
نظر إليها والغضب يتطاير من عينيه قائلاً:وتجيدين التمثيل أيضاً ....
- أقسم لك لا أعلم شيئاً عما تتحدث؟

قال وهو ينهال عليها صفعاً وركلاً دون توقف وهي تطلق صرخات وآهات مكتومة شجعته على مواصلة تعذيبها:

- ليس الآن مازال الوقت مبكراً....

أطلقت صرخة ألم وهي تحاول التحرر من يده مما جعله يقول:

- ترجيني أن أتركك

نظرت إليه بفزع دون أن تتفوه بكلمة

صرخ بوجهها قائلاً:ترجيني!

بصقت الدماء من فمها وهي تقول بوهن :أنت مجنون ، صفعها بقوة مرة أخيرة وتركها تسقط على الأرض ووقف يراقبها بتلذذ ومتعة وهى تحاول الزحف مبتعدة عنه لكنه ضغط على يدها بحذائه بقوة حتى كاد يسمع طقطقة عقل أصابعها التي تسحق تحت وقع ضغط قدمه ثم واصل ركلها بقوة في جنبيها وبطنها وهي تتاوه في ألم.حاولت حماية وجهها وكورت جسدها متخذة وضع الجنين كي تحمي نفسها من وقع ركلاته المتتالية التي تنم على نية مبيته لقتلها..مما أزعجه كثيراً سمعت صوته وهو يأتي من بئر عميقة:

- أنتِ عنيدة يروقني هذا النوع كثيراً رغم أنك تتظاهرين بالضعف.بسبب أرائك الجريئة ستفقدين كل ما تحبين لن تستطيعي الفرار مني مرة أخرى.

وقام بركلها بقوة أكثر. أخذت تبثق الدماء من فمها وهي تحاول الابتعاد عنه لكنه جذبها من شعرها قائلاً بوحشية:إلى أين؟ وصفعها مرة أخرى مطيحاً بها لعدة

أمتار فاصطدمت بحافة السرير المعدنية و سقطت على الأرض فاقدة للوعي أخذ يهزها بقدمه عندما تأكد أنها فقدت الوعي نفض كفيه كمن علقت بهما أتربه وابتسم وهو يغادر المكان بسرعة وبخطوات واثقة.

ألقى تحيه على الحارس المكلف بحراسة غرفتها قائلاً:لا تسمح لأي احد بالدخول إلا طقم التمريض فقط. كان يعلم أن التمريض لن يمروا عليها إلا صباحاً ومساء وهو يهدف لتعذيبها ويتلذذ برؤيتها تتألم بشتى الطرق .

بعد عدة ساعات دخلت الممرضة لغرفتها وهي تحمل في يدها صينية فضية اللون براقة تضع عليها جهاز لقياس ضغط الدم والعديد من علب الدواء بمجرد أن تقدمت بضع خطوات وأضاءت الغرفة وجدتها ساقطة على الأرض والدماء تخفي ملامحها ورأسها تنزف بغزارة والدماء تجلطت حول البقعة التي وجدتها ساقطة في محيطها هتفت الفتاة بفزع ما هذا؟؟

وصرخت في رجل الأمن الذي يقف أمام غرفتها قائلة:

- النجدة.. وضغطت على زر الطوارئ الأحمر وهي تضع أصابعها على رقبتها تتفحصها كي تتأكد أنها مازالت على قيد الحياة.

****

تابع وليد تحرياته وأخذ يتجول سيراً في الشارع الذي تقطن به وهو يتذكرها وهي تستقبل ولداها وهما عائدان من المدرسة وتذكر ملامحها عن قرب وطرب قلبه لها وتسارعت دقات قلبه وهو يقول:

- يا إلهي من تكونين حتى تأسريني هكذا!إدائماً ما اسمع أن للحُب بدايات خاطفة للروح ، هل تراني تعلقت بها على هذا النحو لأني متأكدا من أنها وجدت في المكان الخطأ أم تراني وقعت حقًا في حبها.؟!

انتشله رنين تليفونه المحمول من بحر أفكاره وتساؤلاته التي لا تنتهي وهو يرن بإصرار ..

أجاب على الرقم المتصل وأنصت لحظة بلا مبالاة ثم تغيرت ملامحه تماماً واعتلاها إمارات فزع وخوف كبير؟!

أسرع إلى سيارته وقاد السيارة كالمجنون وهو يردد:

- كيف، كيف؟

وأمام المستشفى أوقف سيارته بعنف وهبط منها راكضاً إلى داخل أروقتها حتى وصل لغرفتها وجد الأطباء يفحصونها وهي ترقد أمامهم على السرير فاقدة للوعي بشكل تام وكأنها تحت تأثير أشد أقراص المنوم فتكاً.

ألقى نظرة عليها وجدها مضمدة الرأس وتلف وجهها وعينيها عصابة كبيرة وشفتيها متورمة وخديها بلون زرقة سماء الفجر،ويدها موضوعة في جبيرة. تبدو كمن وقعت من أعلى بناية أو كمن صدمها قطار.

هتف متألماً:يا إلهي .

تظاهر بالتماسك وشعر بتأنيب الضمير ثم قال موجهاً كلامه للطبيب:

- ماذا حدث؟

- وجدتها الممرضة فاقدة للوعي وهي بهذه الحالة.

ألقى وليد نظرة على وجهها المتورم و الكدمات الكثيرة. وجُرح جبهتها القطعي.

أغمض عينيه بقوة وهو يحبس أنفاسه من فرط الغضب ثم توجه لفرد الأمن المكلف بحراسة غرفتها وهجم عليه كالوحش الكاسر وهو يمسك بتلابيبه هاتفاً بغضب:

- من الذي فعل بها ذلك؟

أجاب الرجل بعيون ذائغة:

- لست أدري يا سيدي!

صرخ به وليد وهو يضم أصابعه مسددا لكمة لوجه الرجل هاتفاً:

- كيف لا تعلم أجبني من حضر؟

هل نسيت أن مهمتك حراستها

تجمع بعض العاملين بالمستشفى وهم يفصلون بينهم في اللحظة التي غادر فيها الطبيب غرفتها فنظر لوليد قائلاً بجدية:

- وليد بك لابد أن أراك في مكتبي

قال وليد وهو يتوعد الرجل:من الأفضل أن تجد مبرر لأهمالك. لن تفلت من يدي بسهولة. وتركه وغادر المكان كالإعصار متوجهاً لغرفة الطبيب في حين أنصرف الناس الذين تجمعوا على صوت شجار وليد وصراخه على الرجل وهم يتساءلون تُرى لماذا يتشاجرا؟؟

بمجرد أن دلف وليد للغرفة قابله الطبيب بوجه متجهم قائلاً:

- سأثبت ما حدث في التقارير الطبية

- قم بعملك أيها الطبيب

- من الأفضل أن تجد من فعل هذا! وإلا سأبلغ أنا عن الأمر.
- لا تتصرف من تلقاء نفسك حتى لا تتعرض المتهمة للمزيد من الأخطار
- حسناً.. إذا كان ذلك لصالحها.
- أعتقد انه لابد من توفير مرافقاً لها.لا أريدها أن تظل بمفردها من الآن فصاعداً
- هذا أفضل بالطبع ، سأجعل ممرضة تلازمها كظلها .
- اسمح لي سأبيت معها اليوم ولا تخبروا أي أحد بما حدث لها ولا تخبروا أحد بتطورات حالتها حتى نتوصل لهوية المجنون الذي اعتدى عليها بهذا الشكل.
- توجه للطابق السفلي وفي داخل مكتب الأمن جلس يطالع تسجيلات الكاميرا للبوابات، لم يجد ما يفيد، حك ذقنه بأصابعه وهو يتطلع لفرد الأمن بتمعن وشك ..عجباً؟ هناك من سبقني إذن؟!

غادر الغرفة وهو يقول محدثاً نفسه من يملك القدرة على محو لقطاته من الأشرطة إلا ... وبتر عبارته قائلاً:سأنتظر حتى تفيق ووقتها سأتحرك بشكل رسمي ..يبدو أن نهايتك اقتربت..!
توجه لغرفتها

وجدها راقدة على السرير وغائبة عن الوعي تماماً.
أنحنى يلتقط من على الأرض نظارتها التي تحطمت..وهو يشعر بالعجز والتفكير يكاد أن يفتك بذهنه وهو يحدث نفسه قائلاً أشم رائحة مجدي في هذا الأمر،

حتمًا هو من فعل هذا بها ،هذه ليست المرة الأولى التي يقدم على مثل هذه التجاوزات .كيف سيواجهه؟ وكيف سيثبت أنه من ارتكب هذه الفعلة الشنعاء؟.

اختلج قلبه بين أضلعه لحظة وهو يفكر بصوت عالٍ قائلاً:ماذا لو فقدتها؟؟

هل سأستطيع التحمل؟ هل سأتمكن من رد حقها؟ ثم نفض هذه الأفكار الحمقاء من رأسه وهو يقول:السؤال الأهم الآن كيف سأتمكن من حمايتها وإبعادها عن بطش مجدي وجنونه؟؟

جلس بالقرب منها وهو ينظر إليها والألم يعتصر قلبه :لماذا فعل بك هذا؟

ماذا إذا تأكد أن مجدي من فعل هذا؟ كيف سيواجهه؟ وكيف سيحميها منه؟ كان هذا شغله الشاغل،في الوقت الحالي.وبدأ يفكر في تدبير مكان آمن لأبيها وأولادها يختبئون فيه لحين معرفة سر مجدي الغامض الذي جعله يجن على هذا النحو. حتمًا كان يهدف للتخلص منها؟! لكن لماذا؟ لماذا يريد قتلها... لماذا؟ زفر بضيق وهو ينظر إليها نظرة أخيرة

أشعر بالاختناق وأكره نفسي لأنني أقف عاجزاً هكذا ومكبل اليدين ا؟! قال كلماته بضجر واضح ..

ظل جالساً بجوارها حتى غلبه النوم

أستيقظ على لمسة يد منها أنتفض من مكانه بفزع متلفتاً حوله وجدها تتحسس ما حولها وهي تبكي وتنتفض ألماً ، الغرفة مظلمة والليل انتصف .

جثى على ركبتيه بالقرب منها هامساً وهو يربت على شعرها محاولاً طمأنتها:
- أنا آسف

ترى من فعل ذلك؟

تعرفت على صوته على الفور شعرت ببعض الطمأنينة لوجوده قائلة:
- أخرجني من هنا؟ لن أستطيع البقاء هنا بعد الآن؟

تجاهل كلامها متسائلاً بلهفة واهتمام:
- من فعل ذلك؟

أطلقت آهة ألم قائلة :لا أحد

أعاد سؤاله بغضب:
- لماذا تتسترين عليه ، كان يهدف لقتلك؟ أخبريني من هو؟

انهارت باكية:
- ليته فعلها ووضع حدا لمعاناتي!

ربت على يدها السليمة قائلاً:
- دعيني أساعدك
- سيدي أرجوك أبتعد سأواجه مصيري أياً كان . أرجوك لا تتدخل.

بدأ يفقد السيطرة على نفسه وتملكه الغضب قال ثائراً:من فعل هذا؟ أجيبيني؟
- أرجوك أحم أسرتي..
- لا تخافي أنهم بأمان

أعادت كلماتها وهي تحاول استجماع قوتها:

- أرجوك، أرجوك أنقذهم.
ضغط على يدها برفق قائلاً بنبرة صوت خفيضة تذيب الجبال
سلمى أرجوكِ دعيني أساعدك..أحميكِ.
- من فعل ذلك؟؟أعطيني أسم كي أوقفه بقوة القانون؟أريد أسم فقط
شكوكي لا تصلح للقبض عليه..
قالت بعد تردد ولحظة صمت:لا أحد
جلس على مقعده وهو يلتقط هاتفه قائلاً:أمير أريدك في أمر هام
هناك رجل يسكن في هذا العنوان ومعه طفلين وأملى عليه عنوان سكنها ثم تابع قائلاً:
- أريدك أن تقوم بحماية هذا الرجل.أمره يهمني كثيراً. لا تدعهم يغيبون عن عينيك لحظة..ولا تخبر مجدي ضرغام بأني كلفتك بحراستهم..وحاول قدر المستطاع نقل هذا الرجل والطفلين لأي مكان آمن تابع لنا.
- أطمئن يا سيدي
نظر إليها قائلاً وهو يربت على كتفها برفق:اطمئني
قالت بامتنان:أشكرك
قالت وهي تتحسس ضمادة وجهها بخوف:
- هل فقدت البصر؟؟
- تأملها لحظة ثم قال:
- لا أنتِ بخير..كدمات شديدة أثرت على كفاءة العين مؤقتاً، غداً سينزعون عنك هذه العصابة..لكن هناك جرح قطعي في الرأس هذا سيتغرق بعضاً من الوقت.

جلس أمامها حزيناً مهموماً .. مردداً:

- أنا آسف

- ليس ذنبك يا سيدي

وضع نظارتها الطبية في كفها وهو يقول

- :لقد تحطمت نظارتك !هل تستطيعين السير بدونها

- هذا إذا كنت ما أزال أرى بعد كل ما حدث .

تنهد بعمق قائلاً بارتباك :سيدتي، أنا، أنا وبتر عبارته

همست:

- سلمى، لا تقل سيدتي

تنهد قائلاً :سلمى فقط

حاولت الابتسام قائلة:

- ما تبقى من سلمى.

حاول الابتسام لكن لم يستطع كيف يجرؤ ويبتسم وهي ترقد أمامه في هذه الحالة؟ كيف يبتسم وهو لم يتوقع أن يكون رد فعل مجدي تجاهها بهذا العنف ..هو مذنب أيضاً..أهمل في تقدير الموقف..

تسبب بسذاجته فيما حدث لها ، هذه حقيقة لا يمكن إنكارها أو الهروب منها .

قال بحزن:

- ستتعافي..استريحي الآن.

- لا أستطيع النوم جسدي يؤلمني.

- هل تريدين أن أستدعي الطبيب لفحصك مجدداً

- لا ..لا سأحاول النوم

اعتصر الألم قلبه وهو يقول: هذا أفضل .. حاولي النوم

أغمضت عينها وغاصت في النوم كانت تشعر بدوار وصداع شديد رأت في الحلم مجدي وهو يضربها ويحاول خنقها أخذت تلوح بيدها قائلة بذعر وهى تردد: ابتعد ، ابتعد

استيقظ وليد على صوتها وهي تلوح بيدها بخوف مرددة ابتعد.. ابتعد

أخذ يهزها برفق موقنا أنها ترى كابوساً :سلمى ، سلمى

أخذت تبعد يده عنها وهي تقول: لا..لا

أمسكها من يدها بقوة قائلاً وهو يهزها بقوة :سلمى ،أفيقي بالله عليك. أنه كابوس.

تنفست بصعوبة وهي تحاول تحسس وجهها ورقبتها هامسة :

- آسفة، آسفة

حاولت الاعتدال ساعدها على الجلوس و هو يضع وسادة خلف ظهرها و أنكشف جزء من ظهرها وجد به بقعاً زرقاء كثيرة. أغمض عينيه بقوة وهو يحبس أنفاسه الغاضبة قائلاً:هل أنتِ مستريحة هكذا؟

قالت وهي تلتقط أنفاسها:أشكرك

جلس أمامها وهو يناولها الدواء قائلاً:لست أدري..! لماذا تتسترين على من فعل ذلك بك؟

أدارت رأسها تجاهه وهي معصوبة العينين دون أن تتحدث. قال بجدية:

- سلمى لابد أن تساعديني لو أردت أن تعودي لأولادك

قطع حديثه

رنين هاتفه وجد رقم مجدي قال:معذرة
قال محدثا مجدي :سيدي
- أين أنت يا رجل؟
قال وليد وهو يلقي عليها نظرة.أني أتابع تحرياتي حول
قضية مقتل شاب المعادي
- هل توصلت إلى شيء
- قليلاً؟
- حسناً مر علي بعد انتهائك
- حسناً يا سيدي
التفت إلى سلمى قائلاً:هذا العقيد مجدي
شعر أن علامات الفزع ارتسمت على وجهها مما دعاه
للقول:ما الأمر؟
- لا شيء
قال لها وهو يجلس أمامها :ارفق الطبيب ما حدث، واصفا
ما حدث بأنه محاولة قتل. هذا يفيد و يدعم موقفك في
القضية
قالت له:حسناً
قال وليد:سلمى ، استمعي إلي جيداً. سأتركك قليلاً
وسترافقك ممرضة حتى لا تكوني بمفردك.
- سيدي لا تشغل بالك بي.أتفهم ظروفك جيداً .
نظر إليها وهو يحدث نفسه قائلاً:ليتك تعلمين أنك
لم تعودي بالنسبة لي مجرد عمل، بل أصبحتِ كل
مسؤولياتي قال بحزم:وداعاً

بمجرد أن غادر الغرفة استلقت سلمى وهي تحاول النوم ،لكن التفكير لم يمكنها من النوم

أخذت تفكر ثم قامت واقفة بصعوبة قائلة:لن أنتظر حتى يقتلني هذا المجنون.

في حين توجه وليد لمقابلة مجدي الذي بدا سعيدا منتصرا

كان يحتفل بظفر وكأنه حقق نصرا صليبيًا على الغزاة مما دفع وليد للقول:ما سر سعادتك الكبيرة هذه؟

قال مجدي:هناك انتصارات يجب الاحتفال بها انتصارات معلنه وانتصارات خفية وانتصاري اليوم خفيًا .. حققت نصرا أزلت حشرة من طريقي..

قال وليد:كيف؟

نظر إليه مجدي بتمعن قائلا:لا تتعجل الأمور ستعلم كل شيء في أوانه

رن هاتفه استمع لمحدثه ثم تقلصت ملامحه حتى خيل لوليد أنه سيختنق ..أغلق الهاتف بعنف.. وهو يقول بثورة.. كيف كيف...؟

تفحصه وليد بهدوء قائلا:ما الأمر؟

قال مجدي كاتمًا غضبه:جولة لم تكتمل.. نصر لم يكتمل دعني بمفردي ..

أدرك وليد أنه أُبلغ أنها نجت بشكل ما.

***

وعلى الجانب الأخر،

بمجرد أن غادر وليد الغرفة فوجئت سلمى بالممرضة تدخل الغرفة قائلة:

- كيف حالك الآن؟
- بخير إلى حد ما
- مر علينا وليد بك وأوصانا بالاهتمام بك
- هذا جيد ..لماذا تعصبون عيني؟
- لا شيء خطير اطمئني..كدمات شديدة أثرت على كفاءة العين أجرينا لك العديد من التحاليل والأشعة أثناء الغيبوبة وكل الأمور تحت السيطرة ،كسر في الساعد وتمزق في الأربطة . الراحة التامة ستتعافي وستعود قدرتك على الرؤية بوضوح مرة أخرى.. بالرغم من أن الإصابات شديدة إلا أن بنيتك قوية تتحمل..!

بعد عدة أيام فحصها الأطباء مرة أخرى،استعادت قدرتها على الرؤية بالرغم من أن الرؤية تحسنت بشكل جزئي، إلا أن قدرتها على تميز الصور لا تزال مشوشة لكن تمكنها من الرؤية بشكل أفضل أراحها كثيراً..

تنهدت سلمى بعمق وهي تردد:حمداً لله

بعد عدة أيام، قالت سلمى لمرافقتها:

- هل يمكن أن تعاونيني على الذهاب لدورة المياه

اقتربت منها الفتاة وهي تقول اتكئي علي. استطاعت من نبرة صوتها تحديد مدى قربها منها فباغتتها وضربتها على رأسها بقوة بالجبس الذي يلف ذراعها وتألمت بشدة وهي تضرب الفتاة مرة أخرى قائلة:آسفة

نزعت العصابة من على عينيها والضمادة من على رأسها.

أبدلت ملابسها بصعوبة مع الفتاة وأرقدتها مكانها وخرجت من الغرفة

بثقة وهي تتجنب الحارس ملقية عليه التحية من بعيد حيث كان يجلس وهو يوليها ظهره وهو يغط في النوم .استطاعت الخروج من المستشفى بسهولة خاصة وأن الوقت كان متأخراً و آذان الفجر يشق السماء.

أوقفت تاكسي .وتوجهت لشقتها شقة الزوجية التي هجرتها بعد وفاة زوجها وانتقلت للإقامة مع والدها . أخذت مفتاح كانت تخفيه في أحد الأماكن وبعض الملابس وأبدلت ملابسها و أخرجت هاتف جوال زوجها قامت بإعادة شحنه واتصلت بوالدها قائلة بجدية:أبي أنا سلمى أستمع إلي جيداً . لابد أن تسافر لمسقط رأسنا هذا هو المكان الوحيد الذي سأطمئن عليكم فيه

- لماذا يا أبنتي؟ وليد بك قام ينقلنا لمكان آخر ويضع حراسة مشددة على المنزل .

- أبي استمع إلي جيدا خذ الأولاد وعُد لمنزل العائلة هناك يمكنك الاحتماء بأهلنا حاول أن تذهب دون أن ينتبه لك أحد.

قال والدها بقلق: كيف أسافر دون أن يشعر وليد بك؟

- سلمى ما الأمر؟اخبريني؟

- لقد تمكنت من الهرب.لا أريدهم أن يستخدموك كورقة ضغط علي . لن أعود للسجن إلا ومعي دليل براءتي. لن أجلس مكتوفة اليدين وأنتظر حدوث المعجزة.

- هربتِ كيف؟ وإلى متى؟إلى أين؟

- أبي سافر كما أخبرتك وسأحدثك مرة أخرى، بمجرد أن
أستقر في مكان وداعاً.
غادرت مكانها بسرعة وأشارت لأول تاكسي يمر أمامها.
قائلة:ميدان الجيزة.
بعد قليل،
توقفت أمام أحد المحال التجارية الكبرى وهي تشتري هاتف
آخر وخط جديد
وأثناء ذلك علم وليد أنها تمكنت من الهرب جلس على
مقعده قائلاً:لماذا هربتِ؟؟ هذا ليس في صالحك.بالرغم من
غضبه المفتعل ابتسم في قرارة نفسه براحة، لأنها لن تكون
في خطر بعد الآن.على الأقل لن يتعرض لها مجدي.
علم مجدي بأنها استطاعت الفرار.ثار بشدة وهو يلقى
باللوم على وليد وهو يوبخه مملياً عليه المزيد من تعليماته
ليكثف البحث عنها بعد أن اتهمه بالتقصير وتساءل كيف
تمكنت من الهرب وهي بهذه الحالة؟!.
ثار بشدة وهو يملي أوامره لوليد الذي ينظر إليه بانكسار
مفتعل:
- راقب هواتفهم وهواتف أصدقاءها. لن تستطيع الاختباء
للأبد، لابد أنها ستتحدث إلى أحدهم.ثم زمجر غاضباً
- أحضروا أبوها ...
- حسناً يا سيدي
توقف التاكسي في أحد شوارع المدن الجديدة القريبة من
محافظة الجيزة.ووقفت تتأمل المنطقة التي مازالت تحت
الإنشاء نصف مبانيها عقارات معدة للسكن لكنها مهجورة

لعدم وجود المرافق والخدمات . توجهت لأحد العقارات الخلفية وكان مازال السلم قيد التجديد مبنيا من الاسمنت قالت وهى تتنهد بعمق: يا إلهي كم أشعر بالتعب.
الشقة صغيرة ملك لصديقتها نيفين رفيقتها في الشركة. تركت مفتاح هذه الشقة لديها لأنها ينويان إقامة دارا لرعاية المعاقين بمشاركة سلمى بحكم تجربتها مع أمجد الفكرة لسلمى من الأساس.وعدتها سلمى أن تخبر أولياء أمور مدرسة أمجد.فهم دائماً ما يلتقون في المدرسة ويتمنون وجود مكان ترفيهي آمن على أولادهم من ذوي الهمم .حتى يشعروا براحتهم ويمرحون ويلعبون مع من هم يماثلهم سناً وظروفاً.تركت نيفين نسخة من المفتاح لسلمى التي وعدتها بزيارة المكان لدراسة الموقع والبدء في تنفيذ مشروعهم.ونسيت إعادته لصديقتها في زحمة الحياة وكذلك نيفين نسيت الأمر تماماً.
قالت سلمى وهي تتجول في الشقة وهي تلقي نظرة من الشرفة:مازالت المنطقة تحت الإنشاء سنضطر لتأجيل هذا المشروع حتى اكتمال المرحلة الأولى على الأقل .
أخذت تنظف المكان وتعد الطعام الذي أحضرته معها من ميدان الجيزة وبعد أن انتهت، استسلمت للنوم ، لأول مرة تنام بعمق وهي لا تشعر بالخوف.
في الصباح خرجت للتجوال في المنطقة وحدثت والدها قائلة:أبي هل سافرت؟
- نعم يا ابنتى أطمئني علينا نحن في أمان .كوني حذرة،أنهم يكثفون البحث عنك.

- هل استطعت السفر دون أن يعترضك احد؟!
- نعم يا ابنتي لست أدري لماذا الضابط المكلف بمراقبة المنزل لم يتتبعني كالمعتاد ربما اعتقدوا أنني سآتي إليك؟! ربما يراقبونني الآن، يتوقعون القبض عليك بسهولة..
- ربما
- ابنتي أنا قلق عليك ولا أعلم ما الذي تواجهينه ، أشعر بالعجز لا يمكنني مساعدتك وينتابني الخوف عليك؟
- لا تقلق يا أبي أنا بخير. أهتم بنفسك والأولاد وداعاً.. سأحدثك كلما أتيحت لي الفرصة..

جلست في شرفة المنزل وهي تقرأ الجريدة وجدت صورتها ووهم يضعون غمامة على عينها قرأت المكتوب أسفل الصورة. كان الخبر عن الجريمة أغلقت الصحيفة قائلة:يا إلهي ألن ينتهي هذا الكابوس؟

ولفت نظرها صورة كبيرة لمجدي مرفقة بالتقرير. التقطت الصحيفة وأخذت تعصر ذهنها هل قابلته من قبل؟ وحدثت نفسها قائلة ـ مستحيل أن يكن لي كل هذا الكره وأنا لا أتذكره. من تكون؟ولماذا تفعل كل ذلك؟

على جانب أخر جلس وليد في مكتبه يستمع للمكالمات الواردة لوالدها وأستمع لحوارها معه تلفت حوله لم يجد أحداً موجود قام بمحو المكالمة

تنهد براحة وهو يقول :مدهش.

ذهب لشركة الجوال قابل زميل له يعمل هناك وطلب منه تحديد مكان الهاتف

ذهب إليها وظل يراقبها عن بعد لمدة أسبوع.أثناء ذلك انقلبت الدنيا رأساً على عقب بحثاً عنها وجن جنون مجدي عندما علم أن أبيها غادر لمسقط رأسه في الصعيد ولا يعرف مكانه أحد.

ثار بشدة وهو يتوعد الفريق الذي يعمل معه وأولهم وليد وهو يتهمه بالتقصير في كل شيء. واصدر نشرة موزعاً صورتها وصورة والدها على كل الأقسام ، في حين ظل يراقبها وليد عن بعد وجدها تتقصى عن مجدي وتحاول الوصول لأي معلومة عنه عن طريق الانترنت.قال وليد لا بأس من القليل الحرية حتى تحل القضية.

باءت محاولات بحثها عبر شبكة الانترنت بالفشل. لذا قررت زيارته في منزله

ولكنها فوجئت أن نقودها شارفت على النفاذ وجدها وليد تقف أمام محل للذهب وتنزع حليها وتبيعهم.

ظل يراقبها وليد عن بعد دون أن يرشد عن مكانها وكان في نفس الوقت يراقب مجدي ويتقصى عنه.في أحد السهرات وأثناء تحدث وليد معه وجده يقول وهو منتشياً.

‑ أتدرى هذه السيدة المتهمة في قضيتنا بدأ رصيدها في النفاذ وضحك بسخرية وهو يقول لا أحد يهرب من قضية تخص مجدي ضرغام

قال وليد:أعتقد يا سيدي أنها لم تكن تفكر في الهرب لولا محاولة قتلها والاعتداء عليها. التقارير الطبية التي أوقفتها سيادتك قادرة أن تعزل المتورط من منصبه.

ضحك مجدي بسخرية قائلاً :وما دخل هذا بذاك، هل صدقت أنها تعرضت للقتل

نظر إليه وليد مندهشاً قائلاً:حالتها يا سيدي

- أستمع لما سأقوله جيداً أيها الرائد أنا أقدم منك في تلك المهنة وسبق وتعاملت مع من هم على شاكلتها يرتدون ثوب البراءة حتى تنخدع فيها. هذه المرأة محتالة.

- لكن التقارير الطبية تؤكد أن أصابتها ليست عادية كادت تودي بحياتها

- لا تكن ساذجاً أيها الرائد .لا أعتقد أن أحداً لديه هذه الإصابات الخطيرة كما تقول و يكون قادراً على التخطيط للهرب بمثل هذه المهارة. لا تصدق كل ما تراه يا رجل.

نظر إليه وليد وتذكر سلمى وهى راقدة على السرير ومصابة بإصابات عديدة

- أنت محق، اسمح لي سأنصرف الآن .

- لماذا مازالت الحفلة في بدايتها.أنتظر رفقة تحيل ليلتنا ل جنة.

- تعلم أنني لا أهوى هذا النوع من الحفلات.

- لماذا؟هذا النوع من الحفلات يقدم كل ما تتمنى فهناك من ينفذ تعليماتك دون نقاش...!

- لكن بمقابل يا سيدي؟هذه صفقة تتم في ليلة .صفقة محفوفة بالمخاطر عواقبها كثيرة وأظنها ضارة

- ضارة "قالها مجدي بسخرية" وأكمل " الآن عرفت لماذا انفصلت وفشلت زيجتك لأنها تجربة ضارة.

تطلع إليه وليد بضيق قائلاً:أراك غداً

- حسناً أيها الرائد طلب أخير أريدك أن تبدأ بالبحث عنها في المدن الجديدة
- حسناً يا سيدي

في المدينة التي تسكنها فوجئت بظرف موجود أسفل الباب نظرت من العين السحرية بحذر وهي تتفقد الطرقة لم تجد أحداً هرولت للنافذة ووقفت خلف الشباك وهي تلقي نظرة على الطريق لم تجد أحد. عادت للردهة وهي تقول بخوف ما هذا؟ وانحنت تلتقط الظرف وفتحته وجدت به مبلغ ضخم من النقود هرولت مرة أخرى تنظر من النافذة حتى تعرف من وضع تلك الأموال لم تجد أحداً.

جلست على المقعد وهي تمسك بالظرف قائلة: ترى من أرسل تلك الأموال؟

أخذت تفكر بصوت مرتفع قائلة:

- من أرسل تلك الأموال صديق ويعرف مكاني ويتكتم على الأمر.شعرت بالسعادة لأن هناك من يساعدها ليقينه ببراءتها.

في الصباح ارتدت ملابسها وأستا جرت سيارة وتوجهت لمنزل مجدي وظلت جالسة في السيارة تنتظر وصوله وكان وليد يسير خلفها لم تنتبه له وتعجب عندما وجدها تتجه نحو منزل مجدي قال بدهشة: ماذا تفعل هذه المجنونة؟

وجدها تضع النقاب وتغادر السيارة صاعدة للبناية التي يقطنها مجدي

وما هي إلا لحظات حتى وجدها تقف مع البواب تتحدث معه
قائلة:أريد مقابلة مجدي بك؟!
أرجوك لدى مشكلة كبيرة ونصحني البعض بالقدوم لمقابلته
- تفضلي. يمكنك انتظاره هنا لم يعد بعد .
جلست بجواره على الكرسي أمام البناية
- وأخذت تتحدث معه قائلة:زوجي في ورطة كبيرة
قال البواب:كيف؟
- زوجى يعمل مهندساً وهناك من يحاول إجباره على
التوقيع على أوراق ومستندات غير مطابقة للمواصفات
هل يستطيع مجدي بك مساعدتي؟
- سأخبره يا سيدتي، مجدي بك إنسان جيد، عصبي إلى
حد ما لكنه يملك قلباً طيباً.يقدم الكثير بل يفني نفسه من
أجل الغير.يقدم العون لمن يحتاج
شردت لحظة قائلة:ترى عن أي مجدي يتحدث؟هل
يملك هذا الرجل شخصيتين كعادة أغلب الرجال
يتظاهرون بعكس حقيقتهم.
- هل تستطيع تدبير موعد معه؟
- لست ادري! سأحاول؟
- حاول أرجوك ، أخبره أني بحاجة لمساعدته؟
- حسناً سأخبره ..سأحاول.
قالت بعد أن فرغت من شرب كوب الشاي الذي
أصر على أن تشاركه إياه:
- حسناً يبدو أن مجدي بك سيتأخر سآتي في وقت آخر.

كان وليد يراقبها وهو يدعو من كل قلبه ألا يأتي مجدي في أي وقت.وحتى يتأكد من أنه لن يأتي الآن، أتصل به وطلب منه أن ينتظره في نادي الشرطة على الكورنيش لاطلاعه على أمر هام يخص القضية.

- حسنا يا سيدتي وسأخبره بمشكلتك

- أشكرك وهرولت إلى سيارتها وانطلقت بها مغادرة المكان مبتعدة عن العمران متوجهة لمنزلها وأثناء سيرها لاحظت أن هناك سيارة تتبعها نظرت في المرآة قائلة:ترى من يكون؟

أوقفت السيارة على جانب الطريق وهى تنظر في المرآة وجدت السيارة التي تتبعها تقف

تنهدت بعمق وهى تقول حسناً إذا كان قد أنكشف أمري، لا مفر إذن من المواجهة وخرجت من السيارة متوجهة للسيارة التي تتعقبها في حين تفاجأ وليد من ردة فعلها قال بدهشة :ماذا تفعل؟

وجدها تقترب من سيارته وهي تنقر على شباك سيارته فتح نافذة السيارة وهو ينظر إليها.

تهللت أساريرها قائلة بارتباك :وليد بك

نظر إليها وهو ينزع النظارة الشمس التي تحجب نصف وجهه خلف زجاجها الداكن قائلاً :نعم وليد

- هل يمكننا أن نتحدث قليلاً

نظر إليها قائلاً :تفضلي

كان يحدثها وهو داخل السيارة .

قالت له باسمة:هنا

تلفت حوله لحظة قائلاً بنبرة صوت رقيقة و معاتبة:لما لا؟ بما أنك لا تثقي بي.
قالت باسمة وهي تنزع النقاب من على وجهها:من قال هذا؟
نظر إليها لحظة متأملاً ملامحها قائلاً:كيف حالك؟
وترجل من السيارة وهو يسير بجوارها بصمت،
قالت وهى تسير برفقته:بخير
جلست على أحد الصخور الضخمة الملقاة على جانبي الطريق
- هل أنتِ بخير؟
- الحقيقة هذا سؤال لا إجابة له .
- لماذا هربتِ؟
قالت وهي تنظر إليه وهو يقف عاقداً ساعديه أمام صدره:لم يكن أمامي أية خيارات أخرى خاصة بعد ما حدث في المستشفي
أطرق برأسه لحظة وهو يقول:ماذا كنتِ تفعلين عند منزل مجدي ؟
نظرت إليه بدهشة شديدة قائلة:وكيف عرفت أنني قمت بزيارته؟
نظر إليها بارتباك ثم قال:أنا أتابعك منذ فترة طويلة
- أحقاً؟
- اطمئني،لا أحد غيري يعلم مكانك
ألتفت إليه بدهشة قائلة:ولماذا لم تبلغ عني؟
قال بتردد:لأنني أحاول مساعدتك

- أشكرك على شعورك الطيب لكن لا تضيع وقتك
- دعيني أساعدك
- لماذا لا تستوعب الأمر بعد.أنا نفسي لا أعلم لماذا أنا في هذا الموقف
- وبماذا تفسرين كون كل الأدلة ضدك؟
- وهذا لغز آخر؟
- سلمى،ألا تشتاقين لأمجد وأيمن؟
- بالتأكيد
- إذن لابد أن نوحد جهودنا؟ لابد أن نحدد أولا من أين نبدأ البحث؟
- هل تريد أن تعلم ماذا كنت أنوي أن أفعل؟
- ماذا؟
- ذهبت لمنزله لأواجهه، ربما أطلعني على الحقيقة حتى لو قتلني بعدها.
- وما هي الحقيقة؟
- الحقيقة أن هناك من يحاول توريطي في الأمر؟ لكن السؤال هو لماذا أنا؟
- ولماذا اخترت مجدي؟
- لانى واثقة أن الإجابة لديه.
- ولو افترضنا أن كلامك صحيح هل تتوقعين منه اعتراف بمنتهى السهولة هكذا؟
- بالطبع لا.لكن بإمكاني أن أقرأ مابين السطور ، يكفيني أن أعلم لماذا فعل هذا ولا شيء يهم بعد ذلك.

نظر إليها وليد لحظة ثم قال:لابد أن تكوني أكثر حذراً في المرة المقبلة وتأكدي أن مجدي لو رآكِ أمامه لن يتورع عن فعل أي شيء وتركها وهم بركوب سيارته ركضت خلفه قائلة:سيدي، لا تخبر أحد عن مكاني

نظر إليها لحظة وتنهد بعمق قائلا:لو أردت أن يعرف أحد مكانك لكنتِ في السجن الآن.

نظرت إليه بدهشة قائلة:سيدي،أشكرك على كل شيء وعلى النقود أيضاً،

نظر إليها طويلاٍ دون تعليق وتنهد بقوةة وحدث نفسه قائلاً:ليتكِ تعلمين كيف أصبحتِ جزءً مهماً في حياتي.

-   أأطلعك على سر؟

تطلع إليها متسائلاً أكملت قائلة بخجل وتردد:

-   أنا في حاجة لصديق مثلك في تلك الظروف.

ارتدى نظارته وأدار سيارته مبتعداً عنها وهو يراها في مرآة السيارة متوجهة لركوب سيارتها ولم ينتبه للسيارة التي أتت من خلفه بسرعة مصطدمة بسيارته بقوة مما جعل عجلة القيادة تختل في يده للحظة وانقلبت سيارته عدة مرات قبل أن تتوقف في منتصف الطريق.

بدرت من سلمى لفته للخلف عندما سمعت صوت تصادم مفزع أخافها هتفت بجزع وهي ترى السيارة تنقلب عدة مرات قبل أن تستقر في وسط الطريق احترس! لكن الحادث حدث بسرعة لم تتمكن من تنبيهه .

ركضت إلى أقربهم إليها وجدت قائد السيارة الذي صدمه قد خرج وجلس أمام سيارته يلتقط أنفاسه وهو يشعر بدوار ورأسه تنزف اقتربت منه قائلة:

- سيدي هل أنت بخير؟

- أجل أنا بخير

أسرعت إلى   سيارة وليد وجدته عالقاً بداخلها ،ووجهه ملوثا بالدماء ولا يستطيع التحرك.

أخذت تحاول تحريره وهي تردد بفزع:يا الهي.

أخذت تهزه بعنف قائلة:وليد ، وليد .

أجبني أرجوك

وأخذت تحاول تحريره بصعوبة وهي تقول:ساعدني لا أستطيع إخراجك

تنبه إلى وجودها قال بضعف:سلمى.، اتركيني.

نظرت إليه بذعر قائلة:مستحيل ما هذا الذي تقوله؟

قال بحزم:سلمى ..ستأتي الشرطة وستقبض عليك

قالت وهي تخرجه بصعوبة من السيارة هي وسائق السيارة الأخرى:لا تتحدث كثيراً تمسك بيدي جيداً وجذبته بقوة و أرقدته على جانب الطريق وأخذت تنظر إليه بعيون دامعة قائلة:وليد تماسك

حاول الابتسام مطمئناً إياها قائلاً: لا تخافي

سالت دموعها قائلة وهي تمسك يده:ستكون بخير ، وأخرجت هاتفها تتصل بالإسعاف بأصابع مرتعدة

- ماذا تفعلين أيتها المجنونة؟

مررت يدها على جبهته وهي تمسح الدماء التي تلوث وجهه
قائلة:لا تتحدث أرجوك ونزعت الإيشارب الذي ترتديه وهي
تضغط على جرحه بقوة قائلة: -   تماسك
-    سلمى!
كانت تتلفت حولها تلقى نظرة على الطريق مترقبة وصول
الإسعاف.
-    لا تتحدث كثيراً ..
نظر إليها عن قرب وجدها تنتفض من الخوف أمسك يدها
المرتعدة قائلاً:
-    لا تخافي، أنا بخير وحاول الجلوس لكنه أطلق آهة ألم.
-    لا تتحرك وأخذت تفحص ضلوعه وهي تضغط عليه
برفق قائلة:
-    هل تشعر بألم هنا؟
أطلق آهة ألم عندما ضغطت على أحد الضلوع قالت:على
الأرجح لديك ضلع مكسور ثم تابعت
وهى تربت على كفه:اطمئن ستكون بخير أن شاء الله
وأخرجت هاتفها مرة أخرى وهي تصرخ فيه طالبة النجدة
قال وليد وهو يتنفس بصعوبة:سلمى.
التفت إليه قائلة:لا ترهق نفسك بالحديث
قال بصعوبة:لابد أن تغادري المكان الآن استمعي إلي وكفي
عن عنادك.
ربتت على يده قائلة:لن أتركك
-    سلمى، هذه أسعد أيام حياتي

نظرت إليه بدهشة قائلة: اعتقد أن هذا ليس وقتاً مناسباً للمزاح

تابع قائلاً بكلمات مبعثرة، دعيني أتحدث فربما لا أملك الشجاعة للاعتراف مرة أخرى..نظرت إليه بتعجب قائلة:ماذا تقصد؟

حاول الابتسام قائلاً :أتدرين نظرات الخوف التي أراها في عينيك جعلتني أطمئن

- يبدو أن الحادث أثر عليك !

هم بقول شيء لكنها وضعت يدها على فمه قائلة:أرجوك لا تقل شيء

سمعت صوت سيارات الإسعاف وهي تقترب.

- سلمى، أبتعدي عن هنا

نظرت إليه قائلة:لن أتركك

- سلمى سأحدثك عندما أجد الوقت مناسباً

قالت بتردد:لكن

أقبل رجال الإسعاف وقسموا أنفسهم بينه وبين السائق المصاب الذي جلس بجوار سيارته على الأرض وهو ممسكاً برأسه بيده والتف حوله بعض العابرين من الطريق بعد أن أوقفوا سيارتهم على جانبي الطريق وهم يقدمون له ماء كي ينظف جرحه الذي يغمر وجهه بالدماء دون توقف.في حين التف باقي رجال الإسعاف حول وليد وأخذوا يفحصونه بسرعة ونقلوه وهي واقفة على جانب الطريق تنظر إليه وهم يقومون بتقديم الإسعافات الأولية له ،همت بالاقتراب لكنه نظر إليها ناهياً إياها..

فتراجعت للخلف وظلت عينها متعلقة به حتى ابتعدت سيارة الإسعاف.

تدرك أن ظهورها معه سيثير التساؤلات وحتماً سيتعرف عليها أحد خاصة زملائه وتوقن أنه يخشى أن يتوصل إليها مجدي لذا منعها من مرافقته وأرغمها على الابتعاد."لكنني مدينه له بالكثير" قالتها سلمى بعناد هاتفه " لا لن أتركه بمفرده وليحدث ما يحدث كل شيء مقدر سيحدث مهما حاولنا تأجيل وقوعه"

وانطلقت خلف سيارة الإسعاف .ظلت تتبعها حتى علمت في أي مستشفي هو

ظلت جالسة في سيارتها تنتظر وهي تنظر إلى الدماء التي تلوث ملابسها ويدها فشعرت بالذعر وغادرت المكان.

ذهبت لمنزلها وأبدلت ملابسها وعادت للمستشفي بسرعة .من حسن الحظ أن المستشفى حكومي وليست خاص .

خضع وليد لفحص شامل وأكد الأطباء وجود كسر في أحد الضلوع وقاموا بتجبيره و بتضميد جُرح رأسه.

ظل وليد راقداً في غرفته بمفرده ساعده الهدوء على الاسترخاء والشعور بالحنين والتفكير في سلمى رغم الألم الذي يشعر به لكن ألم الحنين والحُب ساعد على تلاشي ما يشعر به من ألم عضوي والصداع الذي يفتك برأسه .

أغمض عينيه متذكر وجه سلمى ونظرات الخوف ولهفتها عليه فازداد شعوره بالسعادة وتنهد بقوة وهو يتلفت حوله وجد الإيشارب الذي كانت قد وضعته على رأسه .مد يده بصعوبة والتقطه من على المنضدة المجاورة للسرير ومرر

75

يده عليه وهو يتذكر وجهها وهى تحدثه زفر بقوة قائلاً:يا إلهي ساعدنا

سرعان ما علم الجميع بالحادث .اكتظت المستشفي بالزوار أقارب وأصدقاء وليد.كان من أوائل الحضور مجدي الذي اندهش بشدة عندما اخبروه أن الحادث في هذا المكان.

وقف مجدي عاقداً ذراعية أمام صدره وهو يقول بجدية:ما ذا كنت تفعل في طريق مصر أسكندرية الصحراوي؟

- كنت عائداً للتو من زيارة صديق

نظر إليه مجدي بشك ثم قال :حسناً تعافي يا رجل .أعلم أن بنيتك قوية وستكون بيننا قريباً جلس معه هو وبعض الرفاق لبضع دقائق ثم غادروا المكان ورأت مجدي وهو يغادر برفقة البغض مستقلاً سيارته التي عبرت بجوارها غاصت في المقعد حتى مر ولم يرها.

ترجلت من السيارة متوجهة لغرفته التي تقبع في آخر الرواق في الطابق الرابع ، كان الرواق هادئاً ، لم يعترضها احد ولم تجد ما يعيق وصولها لغرفته.

سمع وليد طرق على الباب أعقبه دخول، ألتفت وليد إلى القادم استطاع التعرف عليها على الفور قال بدهشة شديدة-

- سلمى !ماذا تفعلين هنا؟ألم أحذرك من التواجد هنا؟!

تجاهلت كلماته وهي تجلس أمامه قائلة وهي تتنفس الصعداء:خشيت أن تكون إصابتك خطيرة. حمداً لله على سلامتك.

لم يستطع الرد أمام نبرة صوتها التي أتت حاملة كل شجن وخوف وخجل الكون ، شعر بالسعادة لرؤيتها، شرد قائلاً:
يا إلهي هل وجودك يعيد تنظيم التنفس لدي؟! ما هذا الذي يحدث لي؟ هل يعقل أن اعشقها بهذا الشكل في هذه الفترة الوجيزة.تنهد وهو يردد بهدوء إنه الحُب يأتي وقتما يشاء وكيفما يشاء..انتبه أنها تتطلع إليه باهتمام استجمع رباط جأشه ثم قال محاولًا أن تكون كلماته صارمة:

-   سلمى.

-   لن أذهب ، لن أغادر، لن ابتعد ، لن أتركك حتى تتعافى ، أنا مدينة لك بالكثير.

أسكتته كالمعتاد بتلقائيتها ومنطقيتها وهدوءها الذي يحيل هدوءه لثورة حاول الاعتدال متألماً وهو يقول متظاهراً بالغضب:

-   حسناً حسناً ! لكن مهلاً ،هل أتيتِ لأنك مدينة لي فقط

فهمت ما يرمي إليه قالت بخجل متجاهلة سؤاله:

-   يبدو أن لديك ضلع مكسور

-   أنتِ الطبيبة التي شخصت الحالة أولاً. كيف عرفتِ؟

-   من لديه طفل من ذوي الهمم مثلي يكون في حالة دراسة وتعلم دائم

-   سلمى أشكرك لأنك أنقذني حياتي ..

-   لا أحد يعلم من أنقذ الأخر؟

تطلع لملامحها بوجد وكأنه لم يتوقع ردها فتساءل:ترى هل تشعر بي وبقلبي الذي لا يهدأ عندما يراها؟هل ترى في عينياي ما لا استطيع

البوح به.ربما ترى وربما تتجاهل وتتعمد إبعادي، وربما تعتقد أن ما أشعر به تجاهها ما هو إلا محض تعاطف نتيجة ما تواجهه من اضطهاد مجدي.
انتشلته من حيرته بسؤال مباغت قائلة:
- لم أعتد أن أراك هكذا!
أبتسم قائلاً:كيف؟
قالت له:اعتدت أن أراك واقفاً شامخاً كالهرم بالرغم من حالة التفكير والشرود الدائم.
تأملها بدقة ثم تنهد محدثاً نفسه قائلاً:آهِ لو تدري فيما أفكر أو ما يشغل بالي لوفرتِ علي الكثير من الحيرة.
- تماماً كالآن؟
ضحك قائلاً:لدي همومي
- ومن منا ليس لديه هموم.
- أتدرين أنه بالرغم من إصابتي هكذا إلا أنني سعيد.
- عذراً،ألا ترى أنك تجهد نفسك بالحديث.
- تغيرين مجرى الحديث كالمعتاد
- لا تقل ذلك! لم أنتبه، هل أفعل؟
- قليلاً..
استطرد بجدية قائلاً:سلمى لابد أن تظلي مختفية كما أنتِ الآن. لابد ألا لا يعلم مكانك أحد.
- أطمئن لن يصل إلي أحد.
سلمى، مجدي ليس ضابطاً عادياً، إذا صمم على شيء أنجزه،لا أريده أن يجدك حتى لو ظللتي هاربة

ما بقي لك من العمر،لأنه سيظل يطاردك لآخر الزمان..ولأبعد مكان.

قالت وقد بدا القلق يتسلل إلى قلبها: هل يفعل ذلك دائماً مع كل القضايا؟ أم أن الأمر مبالغاً فيه كما أشعر؟

لم يجد جواباً لسؤالها فهو لم يقتنع أن الأمر يتعلق بكون الحادث قتل خطأ. يشعر أن هناك أمر خفي وراء هذه القضية.لكنه يجهله إلى الآن وهذا ما يخيفه ويثير قلقه على سلمى.يبدو أن مجدي يدبر أمر ما وغايته التخلص من سلمى ولن يردعه أي شيء عن تنفيذ ما في ذهنه.مادام يملك كل خيوط القضية ويمكنه تحريكها كيفما يشاء وفقما يشاء.

قال بهدوء:سلمى أريدك أن تطمئني وألا تقلقي وتأكدي أنني إلى جانبك دائماً.

- أشكرك

- أتدرين أصبحت بخير لأن هناك من يهتم لأمري

نظرت إليه بارتباك وخجل ثم قالت:سيدي ، أرجوك

- دعيني أكمل أرجوك.يكفيني تذكر نظرات الخوف التي كانت تطل من عينياكِ

- قالت بتردد:لماذا لا يوجد من يهتم بك! أين زوجتك؟

- شعرت بالحنق قائلة متداركة أنها تسرعت بقول هذه الجملة ،آسفة لا اقصد التدخل.

وأطرقت برأسها بخجل قائلة:أرى أنك بحاجة للراحة. سأحاول المرور عليك في وقت لاحق.

ابتسم وليد بهدوء وشعر بالسعادة محدثاً نفسه:يا إلهي أنها حقًا تهتم لأمري، تتساءل عما إذا كنت مرتبطًا أم لا؟

تنهد بقوة قائلاً:سأخبرك بكل شيء عندما يحين الوقت .

ابتسمت بخجل وهي تقول:أتريد أن احضر لك أي شيء؟

- أشكرك ـ سلمى ـ لا تأتي مرة أخرى .ربما تعرف عليكِ أحد!

- لا تقلق لدي الكثير من المواهب هذه المحنة علمتني الكثير

وداعاً وغادرت الغرفة بسرعة. أغلقت الباب خلفها وشعر هو بأنه يجابه رياح عاصفة تعصف بأوصاله أرجفت قلبه،سعادة وطمأنينة لا يريد أن تفارقه، حلم جميل لا يريد أن يفق منه ، ماذا لو كانت الحياة مثاليه، فقط هو وهي وأحباؤها في بقعة ما على الأرض، وحدهم في حقل من الحقول، في هذا الكون الفسيح يزرعون ويحصدون ويأكلون مما يزرعون بمنأى عن الناس والصخب والضجيج..يا الهي جنة ـ حتما ستكون جنه ـ .

****

عادت سلمى لشقتها بمجرد أن دلفت للداخل نزعت طرحتها وحقيبتها وألقت بهما على اقرب منضدة هي تشعر بالأرهاق واستبد بها التعب. فهي لم تنعم بنوم هادى منذ بضعة أيام ولا تستطيع النوم براحة وعمق إلا في بيتها وعلى سريرها ووسط أحباؤها وتحت سماء والدها وابنيها. جلست على المقعد الخشبي الوحيد الموجود بالردهة ، أثاث الشقة مستعمل والبيت مليء بالعديد من الأمتعة التي تخزنها

نيفين وتشعر أنها زائدة عن احتياجاتها،فزرتهم بمجرد أن قررت أن تمكث بها. أخرجت ما تحتاجه فقط وجمعت ما هو زائد ولا تحتاجه في الغرفة الأخرى.أرخت جفنيها وهي تتذكر وليد وملامحه التي تبث الطمأنينة في روحها، تنهدت بقوة وهي تقول بصوت مسموع:ما هذا الذي تفعلينه؟ عودي لرشدك؟ أنت أم فقط لا تصلحي لأي شيء أخر لا تعيشي في الأوهام. ما يفعله معكِ تعاطفاً ليس إلا؟

أرهقها التفكير ولم ينجح أي أمر في إخماد صراعها الداخلي فتركت نفسها للنوم ربما تجد في الحلم ما يعوض فرحتها المنقوصة .نعم هي تشعر بالسعادة سعيدة لأن هناك شرفاء مثل وليد ، وليد نفسه مثل أبطال الراويات آمن بها من الوهلة الأولى ، يشعر بألمها يهتم لأمرها ، نظرته لها ليست نظرة عادية هي ليست طفلة وتستطيع تميز هذه الأشياء ..غلبها النوم رغمًا عنها، استيقظت على صوت آذان الفجر وهو يشق سكون الليل، فتحت عينيها وقالت يا إلهي! أجمل الله أكبر وأجمل هواء هو هواء الفجر وآذانه

صلاة الفجر تعني يومًا جديدًا أملًا جديدًا روحًا وحياة جديدة ..اغتسلت وصلت الفجر ودعت الله كثيرًا أن ينير بصيرتها وأن يرشدها للصواب .

أخذت تتناول إفطارها وهي تستمع لقرآن الصباح الذي تذيعه الإذاعة يوميًا عبر موجات البرنامج العام بالإذاعة المصرية من خلال هاتفها ، فجأة تذكرت شيئاً هاماً.. اعتدلت جالسة وهي تقول مستحيل !هل من المعقول أن يكون هو أحد الموجودين في ..؟!

بترت عبارتها وهي تتذكر كلمات مجدي وهو يقول:لكِ
أراء جريئة!
قالت بجدية:الآن فهمت مقصدك؟
تركت ما بيدها وأسرعت مغادرة المكان متوجهة لأحد
مكاتب الانترنت وجود مثل هذه الأمور يعد كالبحث عن
أبره في كومة قش . خاصة في ظل انتشار الهواتف
الاندرويد التي أتاحت للجميع الولوج لشبكات الانترنت وهم
في أمكانهم . هاتفها ليس به هذه الخاصية لذا كان يتوجب
عليها البحث عن مكتب كومبيوتر وأخذت تبحث عن مكتب
خاص بهذا الشأن حتى استطاعت بصعوبة الوصول
إليه.بمجرد أن جلست خلف شاشة الجهاز إلا وبدأت
أصابعها تعبث بلوحة المفاتيح وهي تبحث عن شيء ما!
لم تجد ما تبحث عنه. استعانت بخبرات صاحب المكتب
فأخبرها أن الموقع الذي الذي تبحث عنه معطل و تم حذف
ما به من فيديوهات!
تراجعت بظهرها للخلف قائلة بدهشة :ما هذا؟
ثم قالت محدثة نفسها:لابد أنه يقصد ذلك التسجيل.كيف لم
أفكر في هذا الأمر من قبل؟ كيف غاب عن ذهني بهذا
الشكل؟!كيف؟
شكرته وغادرت المكان بهدوء وهي تفكر في كيفية
الحصول على ما يخصها على هذا الموقع.
جلست في سيارتها أمام المستشفى منتظرة انتهاء ميعاد
الزيارة حتى تتمكن من الدخول والتسلل للداخل كما فعلت
من قبل . لم تستطع الدخول بسهولة كالسابق فأخبرت

موظف الأمن أنها جاءت للكشف وتريد الاطمئنان على مصير ذراعها.

تمكنت من التسلل للداخل وصعدت للطابق الذي توجد به غرفة وليد وطرقت على الباب بهدوء ودلفت للداخل برشاقة وأغلقت الباب خلفها بهدوء لأنها لاحظت أنه نائما
.

جلست بجواره وهى تتأمل ملامحه بإعجاب وتنهدت وهي تحدث نفسها قائلة:أفيقي. أين أنتِ؟ وأين هو؟ رجل في مكانته ومركزه من المستحيل أن يرتبط بك أنتِ مدانة جنائياً ومطاردة من مجنون يرغب في قتلك..شخص مثله يستحق أفضل منك ،يستحق حياة سعيدة هانئة مع شخصية هادئة ليس لديها مشاكل وهموم. لا أنكر أنني أشعر بانجذاب إليه.أشعر أنه يكن لي مشاعر لكنها ليست من حقي إذا شجعته على ما يشعر به سأتهم بالأنانية.كيف لي أن أورطه في مشاكل وصعوبات لا ذنب له فيها.

بطريقة ما شعر وليد بوجودها ففتح عينيه وجدها جالسة أمامه وهي تتأمله قال بسعادة:هل أنا في حلم؟

- لا.

- كيف سمحوا لكِ بالدخول في هذا الوقت؟

- لدي حججي وأشارت إلى ذراعها أخبرتهم أنني تعرقلت وسقطت واصطدم ذراعي ولابد من إجراء أشعة للاطمئنان وهكذا ،

- فسمحوا لي بالدخول من الطوارئ.

- كيف حالك الآن؟

قالت وهي تساعده على الجلوس واضعة خلف ظهره وسادة:بخير وأنت؟

- تبدين منزعجة؟ما الأمر؟

قالت باسمة وهي تناوله كوباً من العصير..

- أنا بخير.أنت الأهم الآن.

- هل الأولاد بخير؟

قالت له باسمة بامتنان:بخير

قال وهو يضغط على يدها برفق:سلمى ما الأمر؟

- لاشيء مهم صدقني.

- أشعر أنكِ تخفين شيء ما

- لا أقسم لك لكني تذكرت شيء لست أدري هل سيفيد أم لا؟ دعنا من هذا الآن جئت للاطمئنان عليك ليس لإثارة <u>قلقك</u>.

نظر إليها باهتمام وتجاهل ما تقول قائلاً:ما هو الأمر الذي تذكرتيه؟

أخبرته بما تذكرته اتسعت عينيه بدهشة وهو يقول:

- تقولين أنكِ قمتِ بتصوير بعض أفراد شرطة بعد أن قاموا بتفتيش سيارة مشبوهة وقاموا بتقسيم ما وجدوه فيها فيما بينهم من شرفة منزلك.

- أجل

- منذ متى؟

- هذا الأمر منذ ستة أشهر على ما أتذكر.لكني لم أنشره على شبكة الانترنت إلا وبترت عبارتها..

- ماذا؟

- إلا منذ شهر
بدأت تضح الصورة أمامه تماماً فأكمل قائلاً: أي منذ بدأنا تحرياتنا عنكِ بناء على توجيهات مجدي الآن فهمت سر اهتمامه بهذه القضية بهذه الطريقة المخيفة. أين هذا المقطع؟
- لست أدري تم حذفه من الموقع
- أليس لديك نسخ أخرى في أى مكان؟
- لست أدري، كل ما أذكره أنني قمت بنشره عبر موقع يوتيوب منذ شهر
- حاولي التذكر هل تملكين نسخة أخرى منه؟لابد أن أرى من في هذا المقطع
- لست أدري أحاول التذكر.
- حسناً تذكري جيداً لأننا لو استطعنا تقديم هذا المقطع للنيابة بالتأكيد سيتغير مجرى القضية تماماً.
- وهل يمكن أن يُقدم شخص على مثل هذا التصرف المشين؟
- تقصدين تلفيق تهمة لكِ؟
- بالطبع يمكن أن يكون الوضع أسوأ مما تتخيلين أيضاً
- إلى هذا الحد؟
- مع شخصية معقدة مثل العقيد مجدي ممكن جداً.لأنه يقدس العمل بصورة مرضية. لم يعتد الفشل،لن يتقبل أن يهدد أي أحد تاريخه العملي
جلست على المقعد أمامه بانهيار وهي تضع يدها على رأسها بتعب قائلة:أتمنى أن ينتهي هذا الكابوس

- اطمئني سينتهي

ثم تابع قائلاً:

- لماذا لم تخبريني أن مجدي هو من اعتدى عليك؟

- أولاً، لأنني عزمت أمري على ألا يلمسني مرة أخرى ثانياً:أعلم أنني لو أخبرتك من هو سيؤثر ذلك على تعاملك معه.ثالثاً:لوهلة اعتقدت أنك لن تصدقني لأنه صديقك بحكم رابط العمل ، رابعاً:هذا أمر يخصني بصفة شخصية لا اعتقد أنه سيشكل فارقاً لديك أو لدى الآخرين فكم من متهم يعذب دون سبب واضح.أليس كذلك؟

أطرق وليد برأسه بأسف قائلاً:بالرغم من حججك القوية إلا أنني لم أتوقع أن تخفي علي؟ بكل الأحوال هذا ما حدث ولن يمكن تغيره.

- كيف عرفت أنه هو؟

- لدي مصادري الخاصة

- أنت الشخص الوحيد الذي مازال مؤمنا بي و ببراءتي

- لم أشك يوماً ببراءتك لكن ما يدهشني حقاً هو طريقة تعامل مجدي معك لا أنكر أنني رأيته يتجاوز كثيراً لكن معك الأمر مختلف وكأنه ينتقم منك ويتشفي فيك

- هذا لأنني امرأة وحيدة، لدي نقاط ضعف كثيرة أولادي ـ أبي.

- آسف لأنني أذكرك بأمور يبدو أنها تزعجك.

- لا داعي للأسف ..دعك مني الآن .كيف لم تنتبه للسيارة قبل أن تصدمك؟

- لست أدري حدث الأمر بسرعة لم أستوعب ما حدث إلا عندما سمعت صوتك وأنت تحاولين إخراجي.أتدرين أنك لست عنيدة فقط بل مجنونة!
- لماذا؟
- تخرجيني من السيارة بيديك وأنتِ لم تتعافي بعد.
ابتسمت بصمت وهي تصب له كوًبا من الماء وتناوله إياه..
كان يبدو سعيداً لوجودها وكلما تذكر أنه لو رآها أحد سيسوء الوضع يشعر بالقلق، لكنه كان يصمت عندما يجدها تقوم برعايته بحُب
قالت له بتردد:هل يمكن أن أسالك سؤال؟
- تفضلي
- أين عائلتك؟
- أنا منفصل، لا أخفي عليك كنت اعتقد أنها حُب حياتي لكني اكتشفت أنني أنا حُب حياتها، لم استطع الاستمرار في التمثيل بأني زوج سعيد ومثالي فكنت اهرب للعمل حتى أدمنته لم تتحمل إهمالي لها ،وتعاملي معها كنزيل فندق، فقررت الانفصال .حزنت لهذا القرار المصيري وتعجبت من شجاعتها وقدرتها على اتخاذ القرار والبعد، فأدركت أن هذه الشجاعة والإرادة، ما هي إلا بارقة أمل، قد تكون لها حياة أفضل مع غيري .ومازالت علاقتنا طيبة، نتقابل في المناسبات العائلية كل حين..
نظرت إليه بخجل قائلة:اعتذر.
- سلمى أعتقد أننا راشدين!

قالت وهى تنظر في ساعتها محاولة تغيير الموضوع :
حسناً، يبدو أن وجودي سيجعلك لا تنام سأغادر.
ضحك قائلاً : لا أريد أن أتركك وأنام
نظرت إليه بخجل وهي تحكم عليه الغطاء وتعدل وضع السرير له قائلة:
- نوماً هنيئاً
في الصباح استيقظت على يد تهزها برفق وجدت إحدى الممرضات تقول بعصبية:
- كيف دخلتِ إلى هنا؟
قالت بارتباك:
- جئت ليلا للكشف على ذراعي وبالصدفة، علمت أنه هنا.
قالت الممرضة بحزم:
- سيدتي أرجوك انصرفي . هذا غير قانوني سأتعرض للجزاء بسببك.
قالت سلمى:حسناً سأنصرف، دعيني برفقته بضع دقائق فقط، حتى يتناول الإفطار وأعدك بالتسلل دون أن يراني أحد.
استيقظ وليد وجدها تتحدث مع الممرضة وهي تهمس حتى لا يستيقظ قال لهم:- صباح الخير
نظرت إليه الممرضة قائلة:
- صباح الخير سيدي.هذه أدويتك ستعطيها لك الأستاذة
ونظرت إلى سلمى قائلة:
- بسرعة أرجوك لابد أن تنصرفي قبل مرور مدير المستشفى أي قبل الساعة التاسعة.

قالت سلمى:أشكرك
أغلقت الباب خلفها وعادت بسرعة إلى وليد قائلة:
- هل نمت جيداً
- نعم
- أنا جائع
- وأنا
قال وهو يناولها الطعام : تفضلي
ابتعدت في خجل
قال مازحاً:سلمى سأتناول الطعام وأنا مغمض العينين حتى
لا تخجلي مني
ضحكت وهي تتقاسم الطعام معه.
بعد أن فرغ من تناول الفطور قال:
- أشعر بالملل من الرقود هكذا
أعطته الدواء قائلة:
- لابد أن تلتزم بتعليمات الطبيب حتى تتعافى بسرعة
- ساعديني على الوقوف.
- وليد هل فقدت صوابك؟
قال وهو يحاول الاعتدال بصعوبة:ليس بعد
ساعدته على الوقوف بصعوبة وهو يتكئ عليها وأخذ يسير
في الغرفة ببطيء وهو يكتم أنفاسه من فرط الألم.لكن أي
ألم اشد؟ ألم الكسر أم ألم قربه منها هكذا وملامسته لها
واستنشاق عبيرها. كم أن الحُب عاطفة سادية فيها عذاب
القرب الذي يلهب النفس كسياط جلاد لا يرحم. الحُب نمر
ينقض على فريسته بسرعة ويأتي عليها لآخر رمق.. الحُب

هو سلمى بكل عفويتها وارتجافة يدها ولهفة نظراتها ونبرة صوتها الحانية ولمساتها المترددة.
أرقدته على السرير قائلة:
- ستتعافي بسرعة ، لا تقلق
جلس على السرير وهو يقول:
- سلمى لابد أن تغادري الآن أخشى أن يراكِ أحداً
قالت وهي تنظر في ساعتها:
- حسناً سأتركك الآن وسأحاول زيارتك مرة أخرى
نظر إليها بامتنان قائلاً:
- أشكرك
نظرت إليه بسعادة قائلة:
- وليد أهتم بصحتك وداعاً
تطلع إليها بحب وكأنه يريدها ألا تغادر..وفي نفس الوقت يخشى أن يتعرف عليها أي أحداً.يطرب لقربها يأنس لمجالستها يعشق حديثها تذيبه نظراتها الخجولة التي تزيدها حيرة وشجاعة وحُب..هي بالنسبة له خليط مشاعر يتحرك على قدمين. عندما يراها تثور مشاعره خاصة عندما لا يستطيع أن يبوح لها بكل ما يختلج به صدره . يكتفي بتأملها بعينيه الزرقاء زرقة داكنة..انتشله من شجونه وشروده كالمعتاد صوتها الرقيق وهي تقول له:وداعاً
وغادرت الغرفة بخفة ورشاقة،

أصدر مجدي تعليماته الجديدة بمراقبة وليد مراقبة دقيقة. مكلفاً أشخاصاً استأجرهم خصيصاً لهذه المهمة. لأنه بدأ يشعر أن له يد في اختفاء المتهمة.يشعر أنه يخفي شيئاً.ويعلم أنه لن يفصح بسهولة عما يعلم ويعلم كم هو حذر وماهراً في إخفاء أي أثار قد تقوده إليها.يعلم جيداً كيف يفكر ومتى يتحرك.

في نهاية اليوم أتى أمير لزيارة وليد وأخذ يطلعه على آخر المستجدات في سير القضية.

سأله وليد هل يعرف أحداً محل ثقة في مباحث الانترنت لأن لديه طلب هام وأنه لا يثق إلا به وطلب منه التقصي عن الموقع الذي حذف مقطع الفيديو ومن وراء الحذف وإمكانية استرجاعه.

حل المساء فجلس على سريره يحاول النوم وهو يطالع الساعة ويراقب الباب بين الحين والآخر بقلق وشغف وترقب قائلاً:أين أنتِ؟

وعندما يئس وتأخر الوقت أدرك أنها لن تأتي .استسلم للنوم في حين حاولت هي الدخول للمستشفى كالسابق لم تستطع لم تنطلي على موظفي الاستقبال الحيلة هذه المرة.شعرت بالضيق لأنها لم تستطع رؤيته..وتساءلت وهي تقود السيارة عائدة لشقتها:لماذا تتضايقين هكذا؟هل اعتدتِ رؤيته..أم أن ما تفعلينه معه رد فعل لما يفعله معك فقط..هل تملكين الشجاعة لمواجهة نفسك.؟وسقطت أسيرة في بحر الحيرة والتردد والخوف والتفكير.

ذهبت لإحدى مكاتب الإنترنت في صباح اليوم التالي وهي تواصل البحث عن المقطع الذي حذف علها تجده منشوراً تحت أي عنواناً آخر لم تجد أي شيء .

****

توجهت للمستشفى وظلت تنتظر في السيارة حتى قارب موعد الزيارة على الانتهاء، غادرت السيارة وصعدت للطابق الذي تقع فيه غرفة وليد ومعها حقيبة صغيرة وفي دورة المياه أبدلت ملابسها وارتدت ملابس تمريض ووضعت على رأسها طرحه ونظارة طبية سميكة العدسات وتوجهت لغرفته وجدت عنده بعض الزائرين.

بمجرد أن رآها وليد أبتسم في حين قال أحد الزائرين معلقاً على ساعدها الملفوف بالضماد، ما هذا ممرضة تحتاج للتمريض، ابتسمت وهي تنظر إلى وليد، الذي علق قائلاً: بلا مزاح سخيف دعوها تؤدي عملها

اقتربت منه قائلة:كيف حالك اليوم؟ وأخذت تقيس نبض القلب ثم أعطته حبة مسكن وغادرت كان وليد يتابعها بنظره أينما ذهبت.

بدا على ملامحه الضيق وهو يراها تغادر الغرفة.لاحظ ذلك أحد زائريه الذي قال مازحاً:ما بك يا رجل؟ لم ترفع نظرك عنها

لم نعلم أن ذوقك في النساء في تراجع هكذا

ضحك قائلاً : أطمئن يا صديقي. لا يُلدغ المرء من جُحر مرتين وأنا جربت حظي في الزواج والارتباط. لن أكرر أخطائي تأكد من ذلك.

قال صديقه:لكن نظراتك تقول غير ذلك

قال وليد مازحاً:ما هذا !أراك تراقبني جيداً

ضحك صديقه   قائلاً:مستحيل أن أجاريك كالعادة، دائماً حاضر الذهن وسريع البديهة.

بعد عدة أيام بدأ يستعيد نشاطه وحيويته وقرر الأطباء السماح له بمغادرة المستشفي

بمجرد أن صرح له الأطباء بالخروج أوقف تاكسياً متوجهاً لمنزلها لأنه الأقرب للمستشفي. ولأنه أراد أن يطمئنها أنه أصبح بخير وتعافي. كانت ما تزال نائمة عندما سمعت طرق على الباب أسرعت تلقى نظرة من العين السحرية. وجدت وليد فتحت الباب بسرعة وهي تقول بدهشة شديدة:وليد!

نظر إليها طويلاً قائلاً :مرحبا

قالت وهي تفسح له المكان: معذرة ،تفضل

دلف للداخل ساعدته على الجلوس كان يبدو متعبا

- من الذي سمح لك أن تغادر المستشفي؟

- لقد سمح لي الأطباء بالمغادرة

- وليد لابد أن تستريح هذا كسر.يستغرق وقتاً حتى يشفى.

- لابد أن أتحدث معكِ

- لابد أن تنفذ تعليمات الأطباء وألا تجهد نفسك.

نظر إليها قائلاً:سلمى جئت للاطمئنان عليكِ وحتى أخبرك أني غادرت المستشفى.حتى لا تتكبدين عناء الزيارة.

- أنا سعيدة لأنك تعافيت ، وسمح لك بالتحرك .

- سلمى لقد استطعنا الحصول على مقطع الفيديو المحذوف وأنا متوجه الآن لتقديمه للنيابة لأرفاقة لملف القضية.

- أحقاً ما تقول! يا لها من مفاجأة سارة حمداً لله..

تنهد بقوة قائلاً :لابد أن أقدم إفادتي أنا وبعض الزملاء حتى يصدر قرار بإيقافه.لم أشأ أن أكلف أي شخص بمهمة تقديم المقطع كدليل إدانة لمجدي وهذا لحساسية ودقة الموقف وخوفاً من ردة فعله في حال تسرب الخبر.

- هذه أخبار جيدة جداً ،دعنا نتناول الإفطار سوياً وأثناء ذلك أطلعني على التفاصيل.

أخذت تعد الطعام بسرعة ومهارة وأخذت تتناول معه الإفطار قائلة:أتدري لو كانت الظروف تسمح لكنت أعددت لك مشروب الطاقة الفولاذية. سيجعلك تتعافى سريعاً وصمتت وهي تتذكر ولدها تنهدت بعمق.

قال لها وهو يربت على كفها:أعلم فيما تفكرين تذكرت ولداكِ

- لا أخفي عليك،اشتقت إليهم، لشجاراتهم، للفوضى التي تثير غضبي، للإزعاج الذي يسببونه. تدري هم كل ثروتي في هذه الحياة. أعيش لأجلهم وليس لهم غيري خاصة أمجد.

- ستعود الأمور لطبيعتها قريباً

لكن عديني أن تضاعفي كمية العصير.

ضحكت وهي تقول بامتنان:سأفعل

تنهد بقوة وهو يقول :كيف حال ذراعك.

- بخير. في تحسن.
- أأطلعك على سر؟
- تفضل
قال وهو ينظر إليها :عندما قابلت والدك وأولادك شعرت أني أعرفكم من قبل بكم شيء غريب يجذب الآخرين. سحر خاص يأسر القلوب ويخلب الألباب.
قالت بخجل:أشكرك
- تضايقني هذه الكلمة!
تعالى صوت هاتفه وجد أمير يقول :سيدي. أين أنت؟
- في الطريق. هل من جديد؟
- لا.رغبت في إخبارك أنني سأنتظرك هناك.
- حسناً، إلى اللقاء الآن
ألتفت إلى سلمى قائلاً:سلمى لابد أن أتركك الآن أهتمي بنفسك وكوني حذرة ولا تغادري المكان مهما حدث وانتظري مني اتصال.
- أشكرك على كل شيء
نظر إليها طويلاً ثم صافحها وهو يضغط على كفها برفق قائلاً:بيننا حديث لم ينتهي بعد.
نظرت إليه بخجل وودعته وأغلقت الباب وهي تدعو الله أن يوفقه
قبل ذلك بقليل وفي مكتب مجدي ورده اتصال من أحد رجاله يخبره بمكانها وأن وليد عندها.
أبتسم مجدي بوحشية وهو يقول لرجله حسناً:قم بعملك وأغلق الهاتف

تراجع بظهره للخلف وعلى وجهه علامات الظفر قائلاً بنبرة شيطانية:كنت أعلم أن غباءك سيقودني إليها .

بعد أن غادر وليد بلحظات سمعت طرق على الباب فتحت الباب بسرعة معتقدة أن وليد قد نسي شيء ما وعاد إلا أنها وجدت عدد من الرجال الغير ودودين يقفون أمامها. حاولت إغلاق الباب لكن أحدهم دفع الباب بقدمه وجذبها بقسوة مكبلاً يديها وهو يقودها لخارج البناية منطلقاً بها إلى قسم الشرطة، ظلت جالسة في السيارة وهي تشعر بالخوف.

وما هي إلا لحظات قليلة حتى وصلوا إلى قسم الشرطة قادها رجال مجدي إلى مكتبه بالقوة كانت تقاومهم بعنف بلا جدوى.

أمام مكتب مجدي فتح أحدهم الباب ودفعها الآخر بقوة للداخل وأغلقوا الباب خلفهم ، بمجرد أن رفعت رأسها تستطلع المكان وجدت مجدي يقف عاقداً ساعديه أمام صدره قائلاً بقسوة:

ـ كما توقعت تماما

ـ ماذا تقصد؟

اقترب منها وهو يجبرها على الوقوف أمامه ثم صفعها بقوة مطيحاً بها لعدة أمتار وهو يقول:هو من قام بتهريبك؟ ظلت مكانها لحظة وهي تتألم ثم نظرت إليه بضعف قائلة:

ـ لا أقسم لك

اقترب منها وجذبها بقوة من شعرها قائلاً :لست مختلفة عن الأخريات كما يعتقد وليد. كلكم سواء وصفعها بقوة مرة أخرى
- كفى
- أنا هنا من يقرر متى أتوقف ومتى لا .وانهال عليها صفعاً وركلا بقوة مما جعلها تطلق صرخة ألم
نظر إليها وجذبها من ياقة ملابسها مجبراً إياها على الوقوف وهمس في أذنها قائلاً:سنمرح كثيراً
وتركها تهوى على الأرض وهي تتألم بشدة قائلاً :أنتِ تعبثين معي أنا.
وأشعل سيجارة قائلاً وهو ينفث دخانها في الهواء هل تعلمين أنكِ من النوع المفضل لي.
نظرت إليه بذعر وتقوقعت في مكانها خائفة
أقترب منها وجذبها بقوة مجبراً إياها على الوقوف قائلاً بغضب:قفي
وقفت وهي ترتعد أقترب منها وقيدها في أحد الأركان وأحضر سوطاً وأخذ يضربه في الهواء متلذذا برؤيتها خائفة ومرتعبة..
صرخت به:أقتلني.
أطلق ضحكة عالية بسخرية قائلاً:الموت قادم في مرحلة أخرى
والآن نبدأ التحقيق:هل ساعدك وليد على الهرب؟
نظرت إليه بضعف ولم تتفوه ببنس كلمة

ضربها بالسوط حتى بدأ جسدها ينزف بغزارة وبدأت صورة أولادها تتلاحق أمامها بسرعة وصورة والدها وهو ينظر إليها بذعر قالت له وهي تتألم:

- أعرف لماذا تكن لي كل هذه الكراهية. لأني قمت بتصويرك

توقف لحظة مزمجراً بغضب قائلاً:سأقتلك .... سأقتلك ، لن يستطيع احد أن ينقذك من يد مجدي ضرغام لم يخلق بعد من يمكنه أن يمس مجدي ضرغام.

أخذ يدور في المكان كالثور الهائج وهو يفكر في كيفية التخلص منها والتخلص مما بحوزتها.

عاد للجلوس مكانه خلف مكتبه متابعاً بعض الأعمال ثم ألقى نظرة عليها وجدها تنظر إليه بضعف فأغضبه وضعها. أقترب منها وأمسك كوباً من الماء وهو يلقى به في وجهها.

وجدها تفتح عينها بضعف قال وهو يرفع وجهها كي يتمكن من رؤيته:الآن نكمل التحقيق

كيف عرفتِ أنني الموجود في التسجيل؟؟

هل لديك نسخ أخرى

نظرت إليه بضعف دون أن تتحدث

ثار بغضب:أجيبيني.

نظرت إليه بضعف وهي تقول له بتحدي:نهايتك على يدي جن جنونه فأمسكها من شعرها بقسوة وهو يقول: هل رأى وليد التسجيل؟

- هذا ليس من شأنك

- تتسترين عليه وتحميه؟
- تغار منه لأنه إنسان شريف
- دوره سيأتي أيضاً. لا تتعجلي الأمور
مرر يده على وجهها الملوث بالدماء قائلاً:سنرى من يضحك أخيراً
- مغرور
- أنتِ لا ترين الحقيقة بعد أنا من يملك السلطة والقوة هنا
أين تحتفظين بالنسخ؟
لم تجيبه.
- ألا تدركين حقيقة الأمر بعد .لن أدعك تعودين لأولادك إلا جثة هامدة
نظرت إليه قائلة بتحد:إذن اعتبرني جثة من الآن!
جن جنونه أكثر أخذ يوجه لها سيل من الشتائم والسباب، ثم أخرج هاتفه واتصل بوليد
فوجئ وليد به يتحدث معه قائلاً:وليد أين أنت يا رجل؟ أريدك في أمر هام جداً لابد أن تأتي إلي على وجه السرعة.
- أنا أيضاً أريدك في أمر هام يا سيدي؟!
وأغلق الهاتف والتفت إلى أمير قائلاً: يريدني أن أذهب لمكتبه.
- سيدي،كن حذراً.نحن لا نتوقع ردة فعله
- لا تقلق
أثناء توجههم لمكتب مجدي.
- الحق بي بعد ربع ساعة

- حسناً يا سيدي

وصل وليد لمكتب مجدي. طرق على الباب ودخل وهو يقول:أوامرك يا سيد، بتر عبارته عندما وقع بصره على سلمى ..

هرول إليها يتفحصها قائلاً:ما هذا الذي فعلته؟

نظر إليه مجدي قائلاً بسخرية:وأخيراً حضر رميو؟

نظر إليه وليد بغضب قائلاً:أحذرك أن ما تفعله مناف للقانون

قال مجدي مازحاً:وماذا ستفعل؟

قال وليد بغضب وهو يتوجه إليه:أولا لدي مفاجأة لك؟

نظر إليه مجدي بغضب قائلاً:هات ما عندك

أخرج وليد فلاشه كومبيوتر صغيرة قائلاً:دعها تذهب وأنا أعطيها لك

نظر إليه مجدي قائلاً:مستحيل

قال وليد:لا يوجد شيء أسمه مستحيل في عملنا أيها القائد

قال مجدي   بهستريا:هل تقايضني أيها الرائد؟ أتخبرني بطريق غير مباشر أنها بريئة؟

قال وليد:ألا تعتقد أنه آن الأوان أن تعترف أنت أيضا ببراءتها؟

نظر إليه مجدي لحظه ثم قال:

بعد صمت ثقيل:

- حسنا،بما أنها النهاية وثبتت براءتها أعترف أن الحظ حالفها وأن لا علاقة لها بالجريمة

تنهد وليد قائلاً :لما لا نبدأ صفحة جديدة يا سيدي

- هذا رأيي أيضا

وأخرج مسدسه وهو يصوبه إلى وليد .تفاجأ وليد بتصرفه نظر إليه قائلاً بحذر:

- مجدي دع المسدس من يدك لا تصعب الأمور

أقتحم المكتب بعض رجال الشرطة بقيادة أمير وهم يصوبون أسلحتهم إلى مجدي في حين قال وليد لهم لا تطلقوا النار ووجه حديثه إلى مجدي قائلاً:

- سيدي، سيدي، ،

دع المسدس..ألق السلاح

نظر مجدي إليه وضحك بهستريا قائلاً :

- لا خلافي ليس معك ووجه مسدسه إلى سلمى التي تتابع ما يجري بفزع

اتسعت عينيا وليد بفزع هاتفاً:لا

لكن مجدي كان أسرع منه و أطلق الرصاص تجاهها لتستقر الرصاصات في جسدها الرقيق مع صرخة من وليد هاتفاً

لا، لا !

في نفس الوقت كان أحد الضباط قد أطلق الرصاص على مجدي الذي حدق فيهم بذهول قبل أن يسقط على الأرض صريعاً ، ركض وليد إلى سلمى قائلاً وهو يصرخ:النجدة ، التقطها بين ذراعيه وهي مضرجة في دمائها أحتضنها بقوة وهو يزيح شعرها عن وجهها قائلاً والألم يعتصر قلبه:سلمى ، لا تموتي، لا تموتى.

****

بعد عدة شهور وقف وليد أمام نخبة من القيادات وهو يتسلم وسام الشجاعة من الدرجة الأولى وسط حشد غفير من الحضور وزملائه وأصدقائه..
ومن بين الموجودين وقفت سلمى تصفق له هي وأبناءها ووالدها ونيفين..
قال قائده موجها حديثه للحضور:أتوجه بالشكر لكل شخص ايجابي يضع نصب عينيه الوطن أولا
بيننا مخطئين حقيقة لا ننكرها ولا يمكن تجاهلها.. وجودهم لن يفيد ، مهما طال وجودهم سيأتي يوما ويختفي السيئ وينتصر الصواب والخير.. الدولة تعيد ترتيب كيانها من جديد،
من يستحق أن يحملها في قلبه ودمه سيكمل وسنرحب به ومن يلفظها من ثناياها لن نعيره انتباه فليبحث عن وطن أخر .. ربما يجد ما يفتقده هنا
ومن يخطئ ويعود للصواب سيجدنا ننتظره ، تماماً كالأم فاتحة ذراعيها للجميع..
كلمة أخيرة أتمنى أن تظل نصب أعينيكم
"مصر أمانة في اعنقاكم ليوم الدين"
"كلنا ذاهبون والوطن باق"
لا تنسوا ذلك.. احرصوا أن يكون لكم مكان جيد في ذاكرة الناس والوطن والتاريخ

الحلم

اقبل وليد من على بعد وهو يبدو سعيداً ومبتهجاً.قائلاً لمجدي:

ـ كيف حالك يا عزيزي، اشتقت لك لا أخفي عليك.

نظر إليه مجدي نظرة كلها غبطة واضحة هامساً:كيف تحافظ على مظهرك الجميل المهندم هذا؟! كيف تظل شاباً هكذا؟!

لماذا اشعر ان رائحتي لا تطاق وان ملابسي رثة ألا نهاية لهذا الكابوس؟؟

قال وليد وهو يجلس أمامه ويبدو عليه الاطمئنان والراحة:أخبرتك بشروط الإقامة هنا . تعتمد عليك في المقام الأول. اعترف بحقيقة الأمر انك تسكن الجحيم وانه من رحمة الخالق نزورك كل حين لمساعدتك على التخلي عن كبرياءك .وتشجيعك على مواجهة ماضيك والتغلب على آثامك بشجاعة والاعتراف باخطاؤك وطلب المسامحة والصفح ممن اذنبت بحقهم .. كلهم هنا

ألقى نظرة حوله وجد نفسه محاط بدائرة كبيرة كلها أشخاص تسبب في إلحاق الأذى بهم أو قضى على مستقبلهم ودمره.

أغمض عينيه بعناد شديد صارخاً: هذا كابوس ،أنا مجدي ضرغام ملك الأرض والسماء..

أحيط بهالة من الظلام ظلت تضيق حوله شيئا فشيئا حتى ابتلعته تماماً وتلاشى من مقعده..وتحولت الأشخاص المحيطين به في دائرة إلى طيور بيضاء تشق عنان السماء بجناحيها وهي تبدد ظلام الكره والحقد ومرسله رحمات الله

على الأرض عبر تساقط قطرات مطر تغسل النفوس وتنقي القلوب تماما كما تنقي وتغسل الشوارع والطرقات والمباني مع رفع آذان الفجر وزقزقة العصافير ..إيذانا ببدء عهد جديد.

****

اذكر اسم أكثر شخصية أعجبتك في هذا العدد ولماذا؟

اقترح موضوعات تحب أن تقرأها في الأعداد القادمة لسلسلة خيوط للمغامرات.

قم بمسح هذا الكود لتراسلنا بهذه الصفحة بعد تصويرها من خلال واتس آب الدار